古典文獻研究輯刊

二 編

潘美月・杜潔祥 主編

第 15 冊

徐灝《說文解字注箋》研究

陳紹慈 著

國家圖書館出版品預行編目資料

徐灝《說文解字注箋》研究／陳紹慈著 ── 初版 ── 台北縣永和市：花木蘭文化出版社，2006〔民95〕

目 4+ 148 面；19×26 公分（古典文獻研究輯刊 二編：第 15 冊）

ISBN：986-7128-35-4（精裝）
1. 說文解字－註釋－研究與考訂

802.223   95003696

ISBN 986712835-4

9 789867 128355

古典文獻研究輯刊
二 編 第十五冊   ISBN：986-7128-35-4

徐灝《說文解字注箋》研究

作　　者　陳紹慈
主　　編　潘美月　杜潔祥
企劃出版　北京大學文化資源研究中心
出　　版　花木蘭文化出版社
發 行 所　花木蘭文化出版社
發 行 人　高小娟
聯絡地址　台北縣永和市中正路五九五號七樓之三
　　　　　電話：02-2923-1455／傳眞：02-2923-1452
電子信箱　sut81518@ms59.hinet.net
初　　版　2006 年 3 月
定　　價　二編 20 冊（精裝）新台幣 31,000 元　　　　版權所有·請勿翻印

徐灝《說文解字注箋》研究

陳紹慈　著

作者簡介

作者陳紹慈為靜宜大學中文系學士,東海大學中文研究所碩、博士。曾任靜宜大學中文系、東海大學中文系及台中技術學院應用中文系兼任助理教授。現任靜宜大學中文系專任助理教授。著有:〈縱死俠骨香李白的任俠思想〉、〈林黛玉的性格及其造成的悲劇〉、〈以《中國歷史研究法補編》和《史學導論》探究中西傳記文學作法之異同〉等單篇論文與專書《甲金籀篆四體文字的變化研究》、《徐灝說文解字注箋研究》及《文學啟示錄》。

提　　要

　　《說文》是我國第一部系統研究漢字形、音、義的巨著。段玉裁的《說文解字注》被公認為《說文》的最佳注解本,段氏提出的學說也對後人影響深遠。然而,其說並非全然無誤,所以當時補訂、批評之作陸續出現。其中,對段《注》評論較客觀的《說文解字注箋》(清代徐灝著),就更值得加以瞭解了。又徐灝寓作於述,有許多頗具啟發性的說法,不容忽視。

　　本文為討論段、徐二者之孰為是非優劣方便起見,於第一章「緒論」中,先對六書及與本文相關的詞語(如形體演變、省形省聲等)作說明。第二章為「徐《箋》的分析」,介紹徐《箋》述評段《注》的內容,大致分為三類:「徐《箋》贊同段《注》意見部分」、「徐《箋》反對段《注》意見部分」及「徐《箋》增補與段《注》無關的意見部分」。並於贊同、反對與增補各類下皆列六書、部件解說、說字義等項,使段《注》徐《箋》九千多字的豐富內容,有較清楚詳細的整理。每個項目先作簡要說明,後列字例。

　　繼而探討徐《箋》之成就(第三章)及商榷(第四章)。大體上其成就有:以新觀念、新資料正段《注》之失;以新觀念、新資料、新方法及採他人說補段《注》之不足。其有待商榷者包括:誤循段《注》之失、誤議段《注》之失、誤採他說之失及徐氏立說之失等。

　　徐灝在研究的觀念及態度上,有幾點可取之處:(一)、有創見。如提出形體演變及文字孳乳上的獨特見解。(二)、用鐘鼎文或採他人說等新資料,得出正確的解說。(三)、運用分析法、比較法、歸納法等科學方法,而得以有新主張。且研究徐《箋》會發現:《說文》、段《注》與徐《箋》等內容有六書、字形、字音、字義及字源、語源等多方面,可謂涵蓋範圍深廣,這顯示中國傳統文字學研究包含形、音、義的特色。故能增進對傳統文字學的認識。又現代多位學者(如李孝定、張舜徽、姚孝遂等)已採用徐氏之說,足見徐《箋》在現代也深具影響力。無論從瞭解《說文》、段《注》的學術史角度,或從求真的文字學角度來看,徐《箋》都深具探討價值。

目錄

第一章　緒　論

第一節　《說文解字注箋》的名義與特質

　　段玉裁《說文解字注》刊行後，在當時即受到重視，針對段《注》著書立說者不少，徐灝是其中之一，就注抒發所見，成《說文解字注箋》。何以用「箋」為名？「箋」是表識之意。《說文》云：「箋，表識書也。」如鄭玄的《詩箋》，是在《毛詩故訓傳》已有的基礎上寫成的作品，他說：「注詩宗毛為主，毛義若隱略，則更表明；如有不同，即下己意。」亦即對不夠清楚的地方加以說明，太簡略之處則加以補充發揮，自己有不同意見也記錄下來〔註1〕。徐《箋》是以段《注》為基礎而寫成的，對段說或贊同，而多所疏證申發；或反對，認為有謬誤而糾正之，有時還另提己見，寓作於述。

　　徐灝生於仁宗嘉慶十四年（公元 1809 年），卒於德宗光緒五年（公元 1879 年），年七十。其生平事蹟，僅《碑傳集三編》中〈番禺縣續志〉的〈徐灝傳〉〔註2〕，記載較詳細。茲錄其文於下：

> 徐灝，字子遠，自號靈洲山人，原籍浙江錢塘，先世游幕留粵，遂占籍番禺。父繼銘，府學廩生，為督學姚文僖公文田所賞識。生平覃精三禮之學。陳澧銘其墓為：優於文而不遇於時，豐於德而不永其年，宜造物者獨報之以賢子也。

〔註1〕參胡楚生著，《訓詁學大綱》，第 129 頁。
〔註2〕見清代錢儀吉纂錄之《碑傳集》。

灝生有異稟，十歲而孤，哀毀過成人。事母孝，戚黨交譽之。讀書讀律皆有深識。年十八，佐南海縣幕，敏斷過於老吏，由是迭佐名郡大邑，皆有能名。咸豐七年，避兵橫沙，按察使周起濱以隆禮聘之入幕，決獄以明恕聞。總督勞崇光由桂移節入境，首訪之，延為上客。時兩粵軍事倥偬，克復各郡縣，皆用灝策為多。軍費浩繁，朝議捐百貨釐金以濟軍用。副都御史晏端書實銜使命，議創立米穀捐。灝力爭之曰：廣東民食仰給他境，而民戶繁庶甲東南。苟捐及米穀，商賈不前，生民憔悴，是朽鄰粟而餒粵民也，為東南根本計，為粵民生命計，為國家元氣計，皆不可。卒如灝議，奏請立案，穀米永不抽捐。論者以為利國福民，其功不在平賊下。自勞崇光後，如黃贊湯、晏端書、劉長佑、毛鴻賓、瑞麟先後受疆寄，凡節府大政，莫不資以擘畫。同治四年，廣西巡撫張凱嵩駐軍南寧，遣使邀灝，至即喜曰，君至，賊不足平也。由是改官同知，加知府銜，任討賊專職。張凱嵩嘗約某提督會師，而恐謀洩，乃遣灝往，攜一僕，如行賈然。摩賊壘，與邏者笑談而過，賊不知也。及賊潰，晏然歸大營，張凱嵩親迓之曰：真膽略有如此。賊定，隨節至桂林，提調軍需善後局兼營務處。凡軍興以前，解勘重囚，有積壓二三十年，為部吏牽制劫持不能辦者，灝清理奏結，凡三百餘起。迭署柳州府通判，陸川縣知縣，旋署慶遠府知府，皆有政聲。郡縣經兵變後，民物凋敝，浮蕩日多，灝以經術緣飾吏治，規復書院，慎選教職，士習翕然而化。桂省苗民頑梗，嘗有奪掠殺人，習以為常者。灝遍設義塾，收其子弟，擇良士訓之，遂革其俗。治事從不假手胥吏，而革除陋規，懲治猾役，尤有發奸摘伏之才。巡撫歷涂宗瀛，倪文蔚、楊重雅皆深器重之，委以撫署總文案。旋由知府洊擢道員。光緒五年卒，年七十。

灝久居幕府，以風節自勵，當官則罄收入，以治官事。卒之日家無餘財。巡撫撥官帑助之，始得治喪，所有惟藏書數千卷而已。灝少為詩古文辭，弱冠後精擘經訓，諸史百氏，博涉多通。以小學為治經根柢，尤深致力。先著《說文部首攷》、《象形文釋》，晚就《說文》段《注》加以箋釋，成《說文注箋》二十九卷。又撰《通介堂經說》三十七卷。張維屏《藝談錄》稱其博采通人，亦自下己意，五經紛綸井大春，說經鏗鏗楊子行，蓋兼而有之。又以魏晉六朝所傳清商三調，及唐人燕樂，皆俗樂耳。燕樂所

用律呂，可以考見古法。宮商角羽四均，各有清濁，故譜分高下，獨律呂之分陰陽也。從來沈存中、蔡季通、姜堯章、張叔夏諸人皆未悟及此。凌氏廷堪《燕樂考源》亦多所刺謬，撰《樂律攷》二卷發明之。其尤爲難能者，中呂復生黃鍾之法，自漢以來，經師、通儒窮神竭慮所不能得者，灝則以餘分之中數求而得之。又辨十六字譜之勾字，寔蕤賓清濁均上尺二字，譜字上作ㄣ、尺作人，寫者誤合爲勾，此又諸家之書載之而不能識者，洵絕學矣。其論方乘術，謂三乘方以上有數無形，同時鄒伯奇、趙齊嬰皆疑之，布算製器多方求之，而其形卒不可得。灝於是作書反覆詳辨之，鄒趙皆深爲折服。其跋《周髀算經》謂：地圖黃極二義，西人矜爲創獲者，周髀已早言之。後世里差及地平經緯差，周髀皆有其法。今測日躔軌跡，測南北直線，至若四分術，割圜八線，以及歲差之理，太陽高卑兩差之寶測，皆出於周髀。從來談象數家，皆無能出其範圍云。其論地球月體及諸曜隨天左行，海潮隨月諸說，皆引中國舊說證之。其時西方科學甫入中土，雖有一二譯述皆疑似，而灝之所言，有爲今日科學家所未及者。其爲學覃思博辨，戛戛獨造多類此。其餘有《通介堂文集》二卷。又嘗自選所爲詩，題曰《靈洲山人詩錄》六卷。南海譚瑩序之，以爲具萬夫之稟，通四部之全，儒林、文苑各分一席。廣西清理積獄，巡撫蘇鳳文憫吏之不讀律，而名法家之難得其人，乃屬灝修《名法指掌圖》四卷。又有《九數比例算學提綱》若干卷，《蠶桑譜》二卷，《洞淵餘錄》二卷，《擕雲閣詞》二卷，凡生平著述盈百卷，多刊入《學壽堂叢書》中。

　　由此傳可見徐灝之博學多聞，有科學研究的精神、態度。他以小學爲治經根柢，尤深致力，因而就《說文段注》加以箋釋，成《說文注箋》。

　　在徐《箋》之前，清代已有一些補充訂正段《注》的專著，其中有專門批評段《注》的，如徐承慶的《說文段注匡謬》、鈕樹玉的《段氏說文注訂》等。徐承慶的《說文段注匡謬》之說較鈕書爲詳，其匡正段《注》之蔽達十五項，可謂此類著作之代表。此十五項爲：（一）便辭巧說，破壞形體。（二）臆決專輒，詭更正文。（三）依他書改本書。（四）以他書亂本書。（五）以意說爲得理。（六）擅改古書，以成曲說。（七）創爲異說，誣罔視聽。（八）敢爲高論，輕侮道術。（九）似是而非。（十）不知闕疑。（十一）信所不當信之謬。（十二）疑所不必疑。（十

三）自相矛盾。（十四）檢閱粗疏。（十五）乖于體例。茲舉三個其所論之字例於下，以見其批評段《注》之說是否得當：

「上」字《說文》列其古文作⊥，段《注》改作「二」云：「古文上作二，以⊥爲篆文。」徐承慶則認爲段氏此舉屬「便辭巧說，破壞形體」之蔽。他認爲：「許書所載有重至三字四字者，則⊥二同儕古文，不足爲怪。……《說文》⊥云古文上，不誤。」然而，甲骨金文「上」字皆作二，徐承慶的批評並不正確。

「審」字《說文》說爲「篆文宷，從番」。段《注》云：「然則宷，古文籀文也，不先篆文者，從部首也。」徐承慶曰：「許書正字下有重文，曰古文、曰籀文、曰篆文。說者謂重文是篆籀，則本字爲古文；本字爲古籀，則重文是篆，似得之矣。然細審全書義例，則所見尙淺，亦甚滯也。」他認爲段說有「似是而非」之蔽。實際上，《說文》有以古文爲字首，以小篆爲重文者，如「烏」部中以古文「舄」爲字首，小篆「雒」爲重文；「矢」部中以古文「躲」爲字首，以小篆「射」爲重文。由此可見，段云：「其先古籀後小篆者，皆由部首之故」，此說是對的。

「一」字段《注》云：「古音第十二部。凡言一部、二部以至十七部者，謂古韻也。玉裁作〈六書音均表〉，識古韻凡十七部，故既用徐鉉切音矣，而又某字志之曰古音第幾部。又恐學者未見六書音均之書，不知其所謂，乃於後附〈六書音均表〉五篇。」徐承慶批評他的做法是「乖於體例」之蔽：「注古書而雜以己書，大非體例。徐鍇《繫傳》云：『通論備矣。』乃同爲解《說文》之書，詳於彼而略於此，故爲此言，非如段氏強古人以就己之繩墨。鄭康成注三《禮》，箋毛《詩》，皆完書，未嘗以所著他書攔入，亦不云某作某書，附刊以行也。自漢迄明俱無此體，自視過高，遂有此蔽。」但王念孫則持不同的看法：「吾友段氏若膺，於古文之條理察之精、剖之密，嘗爲〈六書音均表〉，立十七部以綜核之，因是爲《說文注》，形聲讀若，一以十七部之遠近分合求之，而聲音之道大明，於許氏之說，正義借義，知其典要，觀其會通，而引經與今本異者，不以本字廢借字，不以借字易本字，揆諸經義，例以本書，若合符節，而訓詁之道大明，訓詁聲音明而小學明，小學明而經學明，蓋千七百年來無此作矣。若夫辨點畫之正俗，察篆隸之繁省，沾沾自謂得之，而於轉注假借之通例，茫乎未之有聞，是知有文字而不知有聲音訓詁也，其視若膺之學，淺深相去爲何如邪？」（〈說文段注·序〉）段氏之所以於注書附錄己書，是爲使讀者方便查閱及瞭解。且古人著書，於體例上常有不

同，而各有特色，如同爲作「傳」，《毛詩故訓傳》爲「依循經文，解釋字句者」；《韓詩外傳》則重在「作爲事類之旁證」〔註3〕。段氏此舉，不足爲怪。而加注古韻部，至少有勘驗形聲之用，不可缺也。

胡樸安評徐承慶之《段注匡謬》云：「徐承慶之匡段，十三目之『自相矛盾』，誠然是段氏之誤；惟段氏成書時，年已七十，失者不能改正，校讎之事屬之門下，吾人不能不爲段氏諒。其他十四目，是否悉中段氏之蔽，著者不必遽下斷語，讀者當以研究之結果而自得之。惟有一語可先聲明者，徐氏之說，斷不能盡是，亦不能盡非。」〔註4〕

訂補段《注》之著還有王紹蘭的《說文段注訂補》、馮桂芬的《說文解字段注考正》。胡樸安云：「王氏之訂補，其例有二：訂者訂段之訛；補者補段氏之略。視徐氏（徐承慶）、鈕氏之書，更爲豐富而暢達，而持論之平實，過於鈕氏。」〔註5〕又云：「馮氏（馮桂芬）之考正，固非匡段訂段，亦非補段申段，直可爲段書之校勘者。」〔註6〕可見馮書的性質、特色與王、徐（徐灝）二書不同。對徐《箋》，胡氏云：「其書之卷帙增段氏原書一倍，至爲繁重，亦可爲讀段《注》之輔，其性質略與王紹蘭之《說文段注訂補》同。」〔註7〕

然而，今日所能見的王氏之《段注訂補》，內容不全〔註8〕。徐灝的《箋》則是完袟，其書旁徵博引，議論之精審與補正之多，勝於鈕、王諸書。與徐承慶的匡段相較，更顯徐《箋》於訂補段《注》上的客觀平實。如前文所列徐承慶批評段《注》之字例，徐灝贊同段《注》改⊥作二，他說：「段氏訂正古文上作二，宋張有《復古編》、李從周《字通》，皆如此作，蓋《說文》舊本如是。……郭忠恕《汗簡》引王庶子碑上作二、華岳碑下作一，乃最古之體也。」對「審」字與「一」字，徐灝就未提出如同徐承慶之批評。即此三例已可窺見徐《箋》與《匡謬》的不同。

〔註3〕參胡楚生著，《訓詁學大綱》，第128頁。
〔註4〕見胡樸安著，《中國文字學史》（下冊），第312頁。
〔註5〕同註4，第346頁。
〔註6〕同註4，第317頁。
〔註7〕同註4，第318頁。
〔註8〕見姜聿華著，《中國傳統語言學要籍論述》，第347頁。

第二節　《說文解字注箋》的研究動機、範圍與方法

　　《說文》是我國第一部系統研究漢字形、音、義的巨著，不但是文字學著作之祖，對聲韻學、訓詁學也有重大的影響。從過去、現在到未來，它都是研究漢字必須研讀的基本經典。但經過久遠年代的承傳，或有抄寫訛誤，或其體例有待析說，或由於語簡義不明，而需要注解。又文字在其後的發展過程中，或因孳乳歧分、或受語言影響而產生新的字詞，或造成音義上的變化。後人便將這些資料加入對《說文》的注解中，使其能順應不同時代，反映語言文字的變化，也使其內容更加豐富。自段《注》發表後，被公認爲是《說文》的最佳注解本，故直至今日，段《注》仍是研讀、瞭解《說文》的重要依據。段《注》提出的學說也對後人影響深遠。然而，其說並非全然無誤，若不加明辨而全盤接受，反而會造成錯誤的認知。所以當時補訂、批評之作便陸續出現。其中，採取較客觀態度的《說文注箋》，就更值得加以瞭解了。胡樸安於《中國文字學史》中說：「段氏之書，爲研究文字學之人，所公認爲博且精者，惟吾人以客觀的眼光述文字學史，斷不容稍有成見，爲一家之說所囿。吾人尊崇段氏之書，而反對段氏之論，尤宜平心靜讀，以見學問之眞。所以自段氏以後之著作，無論爲『匡段』『訂段』『補段』『申段』『箋段』，皆文字學史上所當記述，俾學者愈以見段氏之書在文字學上之重要。且因此對於段氏文字學之認識愈加深刻。」〔註9〕

　　徐灝的《說文解字注箋》，除了可幫助瞭解段《注》之外，還因徐氏另加入新的觀點及主張，有許多進步、正確的見解，頗具啓發性，故余行達於《說文段注研究》稱讚徐《箋》是「多爲闡發段氏所未及者，猶鄭玄之箋《詩經毛傳》。」〔註10〕無論從了解《說文》，了解段《注》的學術史角度，或從求眞的文字學角度來看，徐《箋》都深具探討價值。

　　徐《箋》的內容包涵廣泛，除了字形、六書等文字學的見解之外，還有屬於其他方面的說法，如「丕」下云：「不皆丕爲一聲之轉，其輕唇音讀若夫，又方鳩切，又方久切，亦一聲之轉。」又如「福」下云：「今安徽人讀若弗，尚近古音。」此等音韻專門問題，不是本文研究範圍。又如於「祇」、「衹」下論「衹」、「祇」

〔註 9〕見胡樸安著，《中國文字學史》，第 299 頁。
〔註10〕見余行達著，《說文段注研究》，第 25 頁。

為虛詞，屬專門訓詁問題；或如「琮」下所論與名物相關的問題，也都非本文研究範圍。

因本文重在分析徐《箋》有哪些內容？他與段《注》的異同為何？其說從甲、金文或典籍資料來看有何優、缺點？為求評論之客觀，若甲、金文或典籍等可供考證的資料不足時，因無法深入討論，難以斷定徐說之是非優劣，便不列為字例。故未能對《說文》九千多字作全面的研究，也就無法提出徐《箋》在每個項目下有多少字的相關數據。

本文重點在述評段、徐二說之同異優劣，故針對二人的意見，於字例後所附的案語中，僅列相關的前賢見解，不羅列各家所有的看法。

本文研究《說文解字注箋》所用的方法分為兩部分，一部分是普通的分析、歸納、比較等方法。一部分是用「考辨」，即考證、辨明之法。「考證」是指搜考證例；「辨明」則是以理論和例證對不同的說法辨判是非。於同一事物或現象，各家常有不同的解說，對此情形，便須加以考證，辨明出哪一個說法較合適，較能反映實際的現象。此外，本文也採用甲骨金文及古籍文獻等資料，以考辨徐《箋》之說的正誤。

第三節　六書及與本文相關詞語的說明

段《注》、徐《箋》二書雖都只是對《說文》說解九千多字的詮釋，然而，通過這些詮釋，可以看出段、徐二人對小學許多課題的看法。如六書、形體演變、省形省聲、文字孳乳、亦聲字及字義訓解等。其中有些名稱究竟意義為何，歷來眾說紛紜，如轉注、省形省聲、亦聲等。對於這些問題，徐《箋》有贊同段《注》的，也有持反對意見的。為後文討論二者之孰為是非優劣方便起見，有必要先立此節，將各稱謂之正確概念作一清楚之說明。

一、六　書

（一）、象　形：

「象形者，畫成其物，隨體詰詘，日月是也。」象形字所表示的是具體之物，且表現的方式為：依實物外貌，宛轉繪其形象。這類字一般為獨體，但也有一些

合體字：因字形過於簡單、不顯著，於是有通過表意手法，以達成表形的目的，如「果」以「⊕」象果實形，因不易辨認，且與「田」字相混，乃加木；也有兼用表音法作補救的，如甲骨文「雞」字作𩿗，象形，也有加奚聲作𪁪的，大抵由於不易識辨或不易寫得準確，而加注聲符〔註11〕。

（二）、指　事：

「指事者，視而可識，察而見意，上下是也。」段《注》云：「有在一之上者，有在一之下者，視之而可識爲上下，察之而見上下之意，許於上部曰：『上，高也。此指事。』『下，底也。此指事。』序復舉以明之。指事之別於象形者，形謂一物，事晐眾物，專博斯分。故一舉日月、一舉上下。上下所晐之物多，日月衹一物，學者知此，可以得指事、象形之分矣。指事亦得稱象形……一二三四皆指事也，而四解曰象形。有事則有形，故指事皆得曰象形，而其實不能溷。」前文言「指事亦得稱象形」，後文言「其實不能溷」，看來似乎矛盾。現代學者對此提出他們的見解與說明，如弓英德說：「段氏《說文解字注》云：指事亦得稱象形。此所謂形，皆指意象而言，亦即抽象之形，非具體實物之形也。」〔註12〕林尹說：「在『依類象形』的初文中，有依物之類畫的，象具體之形的象形；有依事之類指的，象抽象之事的指事，《說文》說解所注的『象形』，是廣義『依類象形』的『象形』，包括了六書中的『象形』和『指事』。而『具體』和『抽象』，可說是六書中象形和指事最主要的區別。」〔註13〕

而徐灝也說：「一二三，畫如其數，是爲指事，亦謂之象事也。」（徐《箋》「一」字）又說：「上下無形可象，故於一畫作識加於上爲上，綴於下爲下，是謂指事。」（徐《箋》「上」字）現代學者亦有相同的主張，如姚孝遂說：「指事應具有的特徵之一：它是象抽象之形，而不是象具體之形，或者說，它是象事，而不是象物，這是『指事』與『象形』的根本區別。」〔註14〕

但實際上所謂一切「象具體之形」的象形，也是象的「抽象」。如「羊」甲文

〔註11〕見龍師宇純著，《中國文字學》，第111至112頁。
〔註12〕參弓英德著，《六書辨正》，第42頁。
〔註13〕參林尹著，《文字學概說》，第89至90頁。
〔註14〕參姚孝遂著，《許慎與說文解字》，第23頁。

作ㄚ、「人」作ㄔ、「子」作ㄗ，它們已從圖畫過渡爲文字，其描寫的對象，並非存在於客觀世界的實物，而爲存在於人心，超脫一切具象的主觀抽象概念，故將ㄚ、ㄔ、ㄗ等稱之爲「象意」字也未嘗不可，只是別有如「武」「信」之類的字絕對無形可象，不得不別，所以ㄚ、ㄔ、ㄗ、ㅇ、ㄑ之字便稱爲象形，而與象意（如武、信）區分爲二。但傳統指事、會意二名皆是根據語言之義所造成的文字，無從分起。

以「一」、「二」、「三」、「上」、「下」等例來看，「一」、「二」、「三」是用不成文字之線條的數目來表示，一見即知；二 （上）、二 （下）是用長短兩橫採取相反重疊的組合方式來表示，因字形與字義間的關聯並非難以理解，故傳統說爲指事的「一」、「二」、「三」、「上」、「下」等字，實際上可歸爲表意（會意）文字。

本文爲了使象、指、會這三書之間，有較明顯的區隔，在指事的界定上採龍師的主張：此類文字字形上全無道理可言，只是一組線條的硬性約定，與「苟且」、「然而」之字音有可說者也不相同，民間俗書以×、ㄨ爲四、五，當屬此類。又先秦古籍中「指」字本有硬性的約定之意。如〈荀子・正名篇〉：「知者爲之分別制名以指實。」〔註15〕這樣 便可以與會意及傳統所說的指事完全不同了。

徐灝說：「本、末、朱皆指事文，從木建類，作畫識其下爲本，識其上爲末，中爲朱。」（徐《箋》「本」字）現代學者多有此說，如林尹主張的「增體指事」：所謂增體，是在原已成文的形體外，再加上不成文的符號，以所增符號指示某個部位。如「亦」（亦），從大，所增的二點指示腋下的部位。〔註16〕，姚孝遂也說：指事字可以既不是獨體字，也不是合體字，亦即在獨體字加上表示部位、處所等的符號，這種符號是不能作爲文字而獨立存在的，如「本」、「亦」。〔註17〕。

但不論是哪位所說，所謂指事與會意，都屬根據語言的義造出來的「表意」文字，如「本」、「末」二字的橫畫必分施於木下或木上，此乃會意字正確利用位置關係，以達到表意目的之慣見手法。朱字義爲赤心木，施橫於木字中央，也是

〔註15〕同註11，第114頁及133頁。
〔註16〕同註13，第87頁。
〔註17〕同註14，第23頁。

利用位置關係以見意〔註18〕。亦字和本、末、朱等字，皆是利用現有文字增加點畫示意，而達到「表事達意，心會乃悉」之效果〔註19〕。這些字都適宜稱為會意，而別以純粹約定的文字為「指事」，然後兩者各別，不再糾纏不清。

（三）、會　意：

歷來對會意的解釋皆本於許說「比類合誼，以見指撝，武信是也。」段《注》云：「會者合也，合二體之意，一體不足以見其意，故必合二體之意以成字。」他所說的是會意字的部分現象。且以合體作為分類標準，只是於文字形式立論，並未著眼於造字的實質。

龍師說：最初發生的會意字，可以說就是象形字，亦即以圖形表示字義。其與象形字之間的不同，僅在於所表對象有虛實之分。如「耤」字甲文作 ，象耕作之形；「舂」字作 ，象舂臼之形。又如《說文》「ㅂ」下云「張口也，象形」；「囗」下云「回也，象回币之形。」耤、舂等字表動作，「ㅂ」、「囗」等字表狀態。明是表意，卻說為象形，這些都可充分看出會意與象形的關係。但實象圖畫總應在意象圖畫之前，所以說六書中的會意源於象形。而後有合止戈的「武」字，從人言的「信」字等，才與象形無關。所以會意之法雖是源出於象形，及其充分發展之後，則由附庸蔚為大國，不復臣服於象形的藩籬〔註20〕。

會意字既源於以圖形、畫面表意，也就包括下列幾種情形：有的是純用不成文字的線條示意，如一、二、三或 二 （上）、 二 （下）。有的是利用現有文字加以增損改易，如本、末、亦、刃等字，加點畫示部位之所在；用鳥字損點示「純黑不見其睛」的烏字；用大字偏其首成 大 （夨）字表傾側之意；將表水長的 永 （永）字反書為 辰 （辰）字表流分則水短；県的意思為倒首，故取首字而倒書。有的是利用現有文字構成畫面而取意，如前文的耤、舂，又如甲骨文「歙」字作 。或利用現有文字，會合起來直取其意，如合止戈二字為武，合人言二字為信〔註21〕。

〔註18〕見龍師宇純著，《中國文字學》，第 147 頁。
〔註19〕同上註，第 107 頁及第 137 頁。
〔註20〕同上註，第 139 至 141 頁。
〔註21〕同上註，第 107 至 109 頁。

段氏主張：「凡會意之字，曰從人言，曰從止戈，人言、止戈二字，皆聯屬成文，不得曰從人從言，從戈從止。」又於「信」字下注云：「人言則無不信者，故從人言。」學者們對此多有闡述，如林尹說：會意字是把兩個或三四個初文配合成一個字，配合的方式有一種爲「會異體文字順遞見意」者，如止戈爲武、背厶爲公之類。在《說文》說解上，多用「從某某」字樣〔註22〕。裘錫圭對會意字作的分類中，有一項爲「偏旁連讀成語的會意字」：它們由兩個可以連讀成語的字構成，連讀而成之語能說明字義，如「劣」字《說文》云：「弱也，從力少。」又如歪字〔註23〕。

「炎」字段《注》於「重火」下云「會意」，「品」字段《注》云：「人三爲眾，故從三口，會意。」「芔」字徐《箋》曰：「艸之總名，故從三屮，三者眾也，當爲會意。」重文而成的字，確實有一部分是會意字，如「从」由二人相從生義。但有些重複同一成分的字，則屬表形字（象形）。其中或由於字形簡單不易辨識，或同物異名，而採複重寫法以作區別。如甲骨文星字不作◊而作✿，是爲加強辨識；又如屮既爲艸，又讀同徹，這是同形異字，前者爲象形，後者爲會意。「艸」、「芔」、「茻」的不同，則是區別同物異名，而並爲象形〔註24〕。

（四）、形 聲：

段玉裁於《說文敘》「形聲者，以事爲名，取譬相成，江河是也」下云：「以事爲名，謂半義也；取譬相成，謂半聲也。江河之字，以水爲名，譬其聲如工可，因取工可成其名。……其字半主義，半主聲：半主義者，取其義而形之；半主聲者，取其聲而形之。」徐灝說：「諧聲之法，因形建類而附之以聲，使人因聲而知其物，如江河皆水也，其形從水，其聲從工從可，則知其爲江爲河。」（徐《箋》「元」字）「因形建類而附之以聲」意指「依事物的類別作形符，又取讀音相似的字作聲符，合成新字」。段徐二人皆謂形聲字是結合義符和聲符爲字，意見是對的。不過也有一些字，基本上用表形法，而兼用表音法，只爲補救其缺。如甲骨文「鳳」字作✵ 或✲，前者是表形的「鳳」字加凡聲，大抵由於不易寫得準確或不易辨識，

〔註22〕參林尹著，《文字學概論》，第108至109頁。
〔註23〕參裘錫圭著，《文字學概要》，第154頁。
〔註24〕同註18，第106至107頁。

而加注聲符，這種一形一聲的字，形式上看是形聲字〔註25〕。甲文「雞」字作🐓，象形，或加奚聲，和「鳳」都是同一情形。即使說形聲之名，是爲這些字而取的，都不爲過。但這種字象形部分爲主體，聲音是從物，也可以附屬於「象形」之下。後來變🐓、🐓爲鳥，自然便是一般所謂的形聲字。此外，還有一類原只書用其表音的部分，表意部分乃後世所增益，其字係經過兩階段而成，非起始即有此兼表意、音的文字。如婚字古作昏，《說文句讀》云：「〈士昏禮〉鄭《目錄》云：士娶妻之禮，以昏爲期，因而名之。」後來加表意部分的「女」成表婚姻的專字「婚」，和黃昏的「昏」作區別。此外，如祼字《說文》云：「灌祭也，从示，果聲。」祼本作果，見〈周禮‧小宗伯〉的「以待果將」，「果」字假借表灌祭義，後來加「示」成「祼」，以別於表果實的本義〔註26〕。這類文字從其形成過程來看，實與江河之類字不同，應該別歸爲類，但過去學者都無異議的歸屬於形聲之下，不加區別。六書既然是造字法則，就須從文字實際形成的狀況來作分析、釐清，以俾對形聲字的界定有正確的認識。關於這類字的歸屬詳情，請看論轉注部分。

（五）、轉　注：

　　「轉注者，建類一首，同意相受，考老是也。」歷代學者對此定義有多種不同的理解。段玉裁於《說文‧敘》云：「轉注猶言互訓也。注者灌也，數字展轉，互相爲訓，如諸水相爲灌注，文輸互受也。轉注者，所以用指事、象形、形聲、會意四種文字者也。數字同義，則用此字可，用彼字亦可，漢以後釋經謂之注，出於此，謂引其義，使有所歸，如水之有所注也。……建類一首，謂分立其義之類，而一其首，如〈爾雅‧釋詁〉第一條說始是也，同意相受，謂無慮諸字意恉略同，義可互受，相灌注而歸於一首，如初、哉、首、基、肇、祖、元、始、俶、落、權輿，其於義或近或遠，皆可互相訓釋，而同謂之始是也。獨言考老者，其顯明親切者也。老部曰：老者考也，考者老也。以考注老，以老注考，是之謂轉注。蓋老之形，从人毛匕，屬會意；考之形，从老丂聲，屬形聲，而其義訓則爲轉注。」此「互訓派」的說法，影響後世的學者，如劉師培云：轉注之說，解者紛如，戴（戴震）段以互訓解之，此不易之說。許書轉注，雖僅指同部互訓言，然擴而充之，則一義數

〔註25〕見龍師宇純著，《中國文字學》，第111至112頁及第118頁。
〔註26〕同上註，第125頁。

字，一物數名，均近轉注，如及逮、邦國之屬，互相訓釋，雖字非同部，其爲轉注則同〔註27〕。又如林尹說：互訓是否就是轉注呢？就廣義的轉注來說，可以說是對的。不過就六書的轉注來說，互訓是「異字同義」；轉注於「異字同義」之外，還要在聲音方面「同一語根」。例如考老，論聲韻，是疊韻；論意義，《說文》：「考，老也。」「老，考也。」也相同；論形體，卻不相同。因此，考老之間的轉相注釋，便是轉注了。總之，轉注是音近義同形異諸字之間的轉相注釋〔註28〕。姚孝遂說：戴、段一派的主張，用今天的話來說，凡屬同義詞，彼此可以互相注釋的，都可以謂之轉注。包括「同部轉注」、「異部轉注」〔註29〕。

　　轉注是否即是互訓？龍師曾對此問題作了說明：「要對許君所說求得充分了解，明其是否有當於六書說者立名的原意。這一點，清人陳澧注意到〈說文後序〉的幾句話，提供了寶貴線索。現將其相關語句摘錄於下：『其建首也，立一爲端，方以類聚，物以群分，同條牽屬，共理相貫，雜而不越。據形系聯，引而申之，以究萬原，畢終於亥，知化窮冥。』這是許君用以說明自己作《說文解字》一書，如何建立部首，又如何安排各部首先後順序的一節文字。許君將九千餘字分爲五百四十部，每部以一字標目，即是所謂部首。五百四十部，第一部排一部，依形近關係，排至亥部爲止，一切措施，自以爲深得天地之心，所以說明如此。其中『其建首也，立一爲端，畢終於亥』的話，陳澧以爲與『建類一首』一句『必非偶然之相涉』，核對兩節文字，確然可見陳說並非曲意牽合。部首的建立，本是許君的創舉，在《說文》以前的文獻中，不見有連用類字首字或用建類、建首的話語。今建類一首四字成句，出現在解釋造字法則的界說中，除引用後序以發明其意外，不能提供其他解釋。再從許君舉字例看，老字爲五百四十部首之一，考字隸屬在老部，老字下云：『考也』；考字下云：『老也』，亦正分別與『建類一首』及『同意相受』之文若合符節。結合以上兩點，有人主張《說文》轉注說原意，簡而言之便是『同部互訓』，應該是無可置疑的。……許愼『同部互訓』的轉注說，只是從某某等字彼此間的關係立言，根本沒有當作『造字方法』看待。則許君所說不得視爲與立名原意相合，也便無可爭論。以此而言，一切依傍許君說解而產

〔註27〕引自方遠堯的《六書發微》，第66至67頁。
〔註28〕參林尹著，《文字學概說》，第151頁及156頁。
〔註29〕參姚孝遂《許愼與說文解字》，第35至36頁。

生的建類派說辭，無論其如何推陳出新，皆無上合轉注說原意之理。」〔註 30〕由這段話可知：段氏從詞義的角度來探討轉注的說法並不恰當。

　　因爲轉注的舊說紛紜，迄今難有定論，因而有些現代學者不談傳統的轉注，如唐蘭、裘錫圭等。那麼，轉注是否無存在的可能性、必要性了？我們應如何解釋轉注，才能使其名義與文字實際的形成發生關聯，並且與其餘五書不相衝突？龍師在傳統形聲文字中，觀察發現有兩個互不相容的類，一者如許君所說，係由一意符及一音符製造而成，以意符爲主體，再配合以音符，如江字河字。一者則是由看來爲音符的文字加注意符而成，音符先有，意符後加。前者爲「以聲注形」，後者爲「以形注聲」，兩者翻轉爲注，故一謂之形聲，一謂之轉注。轉注之字如【例一】：「祐」字，古書原只書作「右」字，〈詩經・大明篇〉云：「有命自天，命此文王……保右命爾，爕伐大商」，〈易經・大有上九〉云「自天右之」。《說文》說「右」爲「手口相助」，說「祐」爲「神明之助」，祐字之義不過爲右字意義的一端，所以是於「右」字加注示旁而成，遠在通行用右字之後。【例二】：「娶」字，《說文》云：「娶婦也。从女从取，取亦聲。」古書如〈詩經・伐柯篇〉云：「取妻如何」，〈易經・姤卦辭〉云：「勿用取女」，都只書取字，《說文》正以取字釋其義，可見二字關係之密切。取字本義爲捕取、獲取，言取婦不過其義之一端，娶字實亦在取字通行既久之後加注女字而成。【例三】：「婐」字，《說文》云：「婐，一曰女侍曰婐。从女，果聲。」其先本借用音近字「果」表女侍義。見〈孟子・盡心〉下的「二女果」，後加注女旁成「婐」字。祐字、娶字爲語言孳生的轉注字，「婐」字則是因文字假借而成之轉注字〔註31〕。

（六）、假　借：

　　「假借者，本無其字，依聲託事，令長是也。」其說解意謂：凡不曾爲某一語言造字，只就已有文字選擇音同音近者兼代使用，即爲假借。然而以「令長」二字爲例，卻大有問題。據《說文》，「令」字本義爲號令，「長」字本義爲長久。因縣「令」與「長」上沒有專字，便借用此二字。但實際上，縣令爲一縣的發號施令者，長上通常也年歲較大，縣令和號令，長上和長久，彼此之間具有意義引申變化的關

〔註30〕見龍師宇純著，《中國文字學》，第 100 至 120 頁。
〔註31〕同上註，「祐」、「娶」、「玟」等例見第 121 至 123 頁。

係，亦即都是語言上的關係。這字例所顯示的現象與說解並不相合。龍師指出此矛盾形成的原因：依界說，假借只是基於音的關係而借用，除音近爲其唯一條件外，不應更具意義上的關係。同時兼具音義關係的，便是同一語言，不過義有引申變化而已。以其字表其語言引申變化意義，應該說是「本有其字」，而非「依聲託事」。許愼以令長爲假借例，實在是誤認了語言現象爲文字現象〔註32〕。

段氏受許說影響，於〈說文敍〉云：「假借者，古文初作，而文不備，乃以聲爲同義。……託者，寄也，謂依傍同聲，而寄於此。則凡事物之無字者，皆得有所寄而有字。如漢人謂縣令曰令長，……令之本義『發號也』，長之本義『久遠也』，縣令、縣長本無字，而由發號、久遠之義，引申展轉而爲之，是謂假借。」其以引申爲假借的說法並不正確。其實，眞正的假借應該如：借本爲燃燒的「然」與頰毛的「而」爲「然而」，以本爲艸名的「苟」及刀俎的「且」爲「苟且」之類。它們只是音的借用，意義上毫無關聯〔註33〕。

龍師主張六書爲「四造二化」：「承受許說而來的四經二緯或四體二用說，明白楬櫫轉注、假借與文字之形成無關，與實情不合。然而象形、指事、會意、形聲與轉注、假借之間，不謂全無區別，亦爲不爭之實，何者？假借雖等於造爲表音文字，究竟形體不異，字數未增，不過變化現有文字以供使用，與造字必增字數實有不同。只是視假借僅爲用字，不承認其等於製造表音文字之本質，然後乃爲可議。轉注之字，因語言孳生及文字假借，增加或改易意符，使其原先的母字或表音字轉代爲專字……；轉注字出於化成，非由造作，……六書合而言之，當謂中國文字之形成，分別有六個途徑；分析而言，則爲四造二化，即四個造成文字之方，及兩個化成文字之途。前者指象形、指事、會意、形聲，後者指假借、轉注。」〔註34〕龍師之說爲轉注、假借建立了最明確的解答。

二、部 件

認識漢字必須分析其結構，所謂分析漢字的結構，就是要清楚知道其結構成分。漢字的結構成分可分爲兩類：

〔註32〕同註30，第96頁。
〔註33〕同註30，第110頁。
〔註34〕同註30，第135至136頁。

　　一類是形音義兼具的最小造字單位，即字素，或稱「偏旁」，包括部首及其他獨體字。然而，並非所有「有形可象，有義可表」的符號皆屬之，如○在「石」字中象石塊形，這個「口」就不能被視爲偏旁或字素。又如「果」字小篆作果，《說文》云：「果，木實也。从木，象果形，在木之上。」「果」字的「⊕」非田地的「田」，和「石」字的「口」皆不能被視爲偏旁或字素。只有如「眉」、「看」、「盲」等字的「目」，「吹」、「名」等字的「口」，才可稱爲「字素」。

　　另一類是有形而無音義可言的點畫部分。如「一」，在一以外的字形裡，皆非表數字的「一」，而是一橫，它是用以構形或別音別義的成分，稱爲「構件」或「形素」。它是構成字素的材料，其他如前述「石」、「果」中的「口」「田」也屬此類，又如「玉」字的一點，只爲與「王」字別嫌；「保」字下方的二點，便只是爲對稱所產生的筆畫（甲文作倸，金文作倸，爲倸形之變；至小篆始作倸。）

　　偏旁和構件這兩類合起來，可稱之爲「組字部件」（簡稱「部件」），其定義爲：一個漢字按一定的切分原則，切分所得的各個部分。現代有的學者，稱文字的組成成分爲「部件」。如林慶勳說：「隸書的形構，往往爲求簡便，而省略篆書部分形構的部件。如雷字小篆作雷，隸書作雷；香字小篆作香，隸書作香。」〔註35〕

　　對部件的認識與研究，在文字學上是不容忽視的課題。它一方面顯示出古漢字並非只分爲獨體和合體，如△、夶就不適於列爲獨體字或一般所謂的合體字（由二個以上的獨體字組合而成）；又如會意字常以獨體加點畫成字，如「刃」；或在合體字中加點畫，如「葬」字葬中的一橫，表荐尸之具，以表現字義。另一方面，研究部件可對字形、字義有更精確的認識，包括：

（一）、分析文字偏旁，可明偏旁之變亂。

　　如甲骨文中倸或作倸、倸或作倸。由此可知：口作偏旁時，可書爲廿〔註36〕。

（二）、可明同形異字的歧分，及古文字的別嫌作用。

　　如甲文「音」「言」同形異字，皆作倸，金文音字亦或作倸，春秋以後音字加一畫作倸，和言字的倸區別。甲字甲文作十，而十字甲文作｜，二字不相混淆。至小篆，十字作十，甲字爲與十字作區別，小篆變作甲。

（三）、可知形體演變的來龍去脈。

〔註35〕見林慶勳等著，《文字學》，第136頁。
〔註36〕見龍師宇純著，《中國文字學》，第260至261頁。

　　如「雨」字甲文多作▨、▨，象雨自天而降，一即表天，或作▨　▨，上
加一橫是當時的書寫習慣，後來連接而變為▨，為小篆雨之▨所本，非如《說文》
所云：「一象天，∩象雲。」

（四）、有助於認識合體字，或對已識者明其本形本義：

　　如「壬」字（古「挺」字）甲骨文作▨、▨、▨，下端从「土」之作▨、▨，
非《說文》所說的「善也，從人士。」

　　《說文》的體例是於每一字下，先釋其義，次解其形。解說字形中包括解說
組成字的各個部件為何。如「齒」字《說文》云：「牙齗骨也。象口齒之形，止聲。」
「象口齒之形」指▨這個象形的部分。又如「壺」字《說文》云：「昆吾圜器也，
象形。从大，象其蓋也。」「壺」小篆作▨，是一通體象形字，「从大，象其蓋」
說明「大」在此處不是文字，是壺蓋的象形符號，只是與大小之「大」形體偶同。
段《注》、徐《箋》師法許慎，也對許多字作部件解說，詳見後文論述。

三、形體演變：

　　古代漢字由甲骨文，金文至小篆，在不同字體中，形態會有所改變。這些改
變的現象，往往造成以前通行的文字，很多是後人無法認識的，因此「古代漢字
形體的變化」是古文字學中很重要的一項，也是近年來頗受學者重視的課題。

　　許多學者研析此一課題時，大都把「變化」只看作一件事。事實上，變化是
指事物在形及質兩方面的改易，「變」與「化」是不能混同的。依科學家的研究，
世上萬物的變化，可分為兩種模式：一種是「物理變化」，它的形態改換，性質不
變。如人的幼年、少年、青年以及老年的形態，可能不斷改換，但人的性質不變。
一種是「化學變化」，它不但形態改換，且性質也發生顯著的變化，如水分解成氫
和氧，無論形態或性質彼此都不相同。

　　漢字的變化有兩種情況，可以為演變與演化之分。演變是字形的改換，字義
不變：如「秦」的籀文作▨，小篆則簡省作▨；「辛」甲文作▨，小篆增加一橫
作▨，屬繁化現象。演化則是：字形改變，字義也跟著改變，亦即某一個字的字
形改變，就變成另一個字。如「昏」原本也表引申義結婚，後來為區別本義與引
申義，乃加女旁成轉注字「婚」；又如「期」歧分出「朞」，表週年之義。故演變

爲「形變」，演化爲「質變」。本文即以此界定古漢字形體演變的研究範圍。至於演化的部分，屬於文字的孳乳現象（即字源），將於後文論字源時另作探討。

〈說文敘〉云：「倉頡之初作書，蓋依類象形，故謂之文。……以迄五帝三王之世，改易殊體。封於泰山者七十有二代，靡有同焉。」此段指出：文字經歷漫長歲月，有許多改動了形體及筆畫的寫法，所以各代的字體不盡相同。由此可見：許愼有形體演變的觀念。段《注》、徐《箋》也有這方面的看法，尤其徐《箋》，頗多深入之見解，下文將有詳細的介紹。

四、省形省聲

「省形省聲」之例，最早見於《說文》。省形例如「耊」字，《說文》云：「年八十曰耊，从老省，至聲。」省聲例如「羆」字，《說文》云：「熊屬，从熊，罷省聲。」其从能的部分，即使看作是兩個能字的重疊，也是省去了一個能字。由其例可知，《說文》中的「省形省聲」意謂：把構成合體字的偏旁，省去字形的部分。由於許愼僅在一些字例中提及「从某省」或「某省聲」，至於形成省形省聲的原因及條件，則未作說明；又有時說法不一致，如《說文》大多數从𤇾聲的字，都解作「熒省聲」，「禜、營、鶯」卻說爲「榮省聲」，把「瑩」說爲「營」省聲，有此差別的原因爲何？實令人費解。此外，對《說文》「省聲」之例，前人有不同的說法：如「駃」字，大徐（徐鉉）以爲「从夬聲」，小徐（徐鍇）則以爲「決省聲」；而「𡗿」、「妜」等字，大徐說是「決省聲」，小徐則說是「从夬聲」。諸如此類的問題，常引起學者們的質疑及探討，故歷來學者對省形省聲的現象，有不盡相同的看法。

段玉裁對省形省聲的看法，較明顯的是他在「齋」字的《注》中云：「使其字不繁重」並非促使「亦省聲」的原因。

龍師認爲：省形省聲之法，主要是在字形要求簡化及方正美觀的雙重標準下所促成，與古代偏旁書寫可較隨便的背景也有關。如羆字不省，作完整的从罷从熊之形，必過於繁重，故自始即省去一「能」。又如勞字，其始可依《說文》所說作𤇾。但在要求簡化且有助於方正美觀的情況下，自是作勞較好。由羆字例可知：「从某省」並不表示其初必皆是不省的，唐蘭《古文字學導論》云：「凡可以稱省，

一定原來有不省的字。」其說並不正確。此外，對省聲字的認定，不可只從字形作判斷，須顧及其字的來歷。如《說文》:「㥶，實也。从心，塞省聲。」、「崋，崋山也，在弘農華陰。从山，𠌶省聲。」但許又說「塞从𡨄聲」、「𠌶从𠌶聲」，何以不能逕以𡨄、𠌶爲聲？故段《注》改爲「从𡨄聲」、「从𠌶聲」。其實㥶字經典並作塞，崋山字經典皆作𠌶（華），㥶、崋字是因語言孳生或文字假借直接由塞、𠌶二字變化而形成的轉注字，分別加上心、山旁，又省去本體部分的偏旁，此等字係經轉化而成，之所以省去本體部分的形符，不外要求簡化與方正美觀兩重原因。此外，《說文》說爲省形省聲者，在對照甲、金文後，可知其部分可信，部分有誤。如「眔」字，甲、金文作眔、眔，爲泣涕漣如之意，與許君所謂「隶省」無關，有此誤說常爲字形訛變所致。又說爲省聲者，應聲、韻兩方面皆相近。如《說文》於「童」字下云:「重省聲」。童字金文作童，以重爲聲，重即重字。且「童」與「重」聲韻皆近，故知此說可信。魯字《說文》云:「鮺省聲」，據《說文》「鮺从差省聲」。然而差魯二字聲韻俱遠。魯字金文作魯、从口从魚，學者說爲从口魚聲，形與聲皆合。（龍師按：聲母不同，疑原爲複聲母。）又差字金文作差（同篆），因此，「魯从鮺省聲」之說頗可疑〔註37〕。上述幾點龍師的主張，爲本文評論《說文》及段《注》徐《箋》之省形省聲字說時的理論依據。

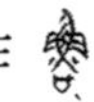

五、雙 聲

《說文》除分析字形、解釋字義外，還以「某聲」、「某省聲」，或用同音字標示讀音，如「龢」字:「龢，調也。从龠，禾聲。讀與和同。」或採用「讀若」，徵引方言及經典等 方式來注明字音。段、徐二人於注解《說文》時，也運用聲韻上的知識及古籍中的資料，來解說某字的字音爲何，或字與字之間在聲音上的關係等。

段《注》有論及「雙聲」者。「雙聲」指兩字的聲母相同，如段《注》於「禍」字（《說文》:「禍，害也。」）下云:「禍害雙聲。」「禍」，胡果切，「害」，胡蓋切，兩字的聲類皆爲匣母。於「哽」字（《說文》:「哽，語爲舌所介也。」）下云:「哽介雙聲。」「哽」，古杏切，「介」，古拜切，聲類都屬見母。又段《注》明雙聲者，

〔註37〕見龍師宇純著，《中國文字學》，第338至341頁，及第344頁。

實兼有「一語之轉」之意，亦即音義皆有關。非單純說其音有相同之處。如他說：「逆迎雙聲」（詳見後文）。又如「琢」字，《說文》：「琢，治玉也」。「琱」字：「琱，治玉也。」段《注》於「琱」字下云：「琱琢同部雙聲，相轉注。」而段氏於「隼」下云：「異字同義，謂之轉注。」由此可見，此處的「琱琢雙聲」含有義同的關係。

六、合　韻

段玉裁所謂的「合韻」，是指古韻不同部的例外押韻。清儒歸納諸多合韻的現象後，發現有例外押韻關係的不同部，彼此之間，一方是陰聲與入聲，另一方是陽聲，如魚部（陰聲、入聲，龍師擬音爲 a、ak）與陽部（陽聲，龍師擬音爲 aŋ）合韻，微部（陰、入聲爲 əi、ət）與文部（陽聲，ən）通轉。對於這些「合韻」，一般稱之爲「陰陽對轉」。

七、聲　轉

字音常隨時空的不同或爲分別字義而有所改變，因而段、徐二人也提及「音轉」（或稱「聲轉」、「一聲之轉」）。如「珣」字，《說文》：「醫無閭之珣玗琪，周書所謂夷玉也。从玉旬聲。一曰玉器，讀若宣。」段《注》既於「旬聲」下云「相倫切，十二部」，又於「讀若宣」下云：「謂訓玉器則讀若宣也。音轉入十四部。」此外，於「瑞」字下云：「耑聲在十四部，而瑞揣圖字音轉入十五部。」還有如「祈」字段《注》云：「古音在十三部，音芹。此如旂字，古今音異。」徐《箋》述及聲轉的例字，如：「離」字下曰：「離古音在歌部，轉入支部。」於「鞠」字下曰：「鞠毬一聲之轉。」在「敫」字下曰：「从敫之字，廣韻憿邀噭徼等字入蕭、嘯部；璬噭薂激等字入篠、錫部；繳入藥部，皆聲變之異。」

「聲轉」一般的定義爲：字音上聲母相同或相近，韻母有對轉、旁轉關係。「對轉」是指：某陰聲（含入聲）韻部，與其相對的某陽聲韻部之間音的轉換，兩者既同元音，又韻尾具發音部位相同的對等關係，於是產生了韻尾的轉換。「旁轉」意謂：兩個陰聲韻部（或陽聲韻部）之間音的轉換。龍師認爲：對轉之說可以成立，它是相對韻部之間的韻尾轉換，是當然的現象。至於旁轉的情形，事實也是有的，但是不該把旁轉現象視爲可憑演繹的例證。如「元」字段說「从一兀聲」，

「元」的韻部屬元部，「兀」屬「微」部，元部和微部有關，因爲元部對轉是祭部，祭部和微部則同爲陰聲，一般便認作旁轉。然而，這只是一種方言現象，即個別情形，不能由此例而建立起微祭兩部的當然關係。只可說元部（祭部）與微部是有相通的情形，而不宜說爲：凡元部（祭部）與微部都是相通的。原因是：無論陰聲韻部或陽聲韻部，彼此之間，若非元音不同，即是韻尾發音部位異樣，其中任何一點的改變，都應視爲不正常的特例。如果將特例規律化，認作是當然的旁轉，便等於是打破古韻分部的界限，使古韻分部變得毫無意義〔註38〕。故本文所說的「聲轉」，限定於「對轉」，不包括「旁轉」。

關於段、徐二人在說字音上的異同處，後文有較詳細的論述。

八、字源、語源

「字源」指的是從一個字產生另一個字的現象。它包括三類情形：

（一）古人利用聯想，以甲爲乙，成爲同形的異字。

如甲骨文中「月」「夕」同一形，又「帚」「婦」也是如此，因月出時爲夕，灑掃之事爲婦人所司，故即以月爲夕字，以帚爲婦字。但月與夕、帚與婦音讀無關，所以只是異字。後來都在字形上作改變以爲區分。如月夕以中間有無點分別，婦字固定加上女旁。同形異字區分的方式有下列二種：

1、加筆畫者：

如「音」在甲、金文時和「言」同形，後以於口中加一畫作 (音)和 (言)區別。又如甲文星字作 、 ，亦表晶瑩義，二者同形，其後分化，固定以中有點者爲「晶」字。

2、加意符或聲符者：

如甲文中「土」或讀爲「社」，表土地之神。「土」與「社」聲不同，爲同形異字。土是社的字源。東周以後，加「示」作「社」。或如「命」本作「令」，古代有複聲母ml-，後來因語言的複聲母單一化，而分爲 m- 和 l-，「命」是由「令」分化出來的新字，加「口」和「令」作區別。又如由 （星）產生 （音精）之

〔註38〕見龍師宇純作〈上古音芻議〉。（中央研究院《歷史語言研究所集刊》，第六十九本第二分，1998）

後，為別於晶（音精）而於晶（星）加聲符「生」成曐。

　　這一類字，不包括兩個字形的偶然相合。如「七」字原寫作十，「十」字原寫作丨，後來變作十，恰巧與「七」同形，後來把「七」原本的字形改作𠤎，七與十並無意義上的任何相關。所以這種情形不屬於字源。還有更多的如「沫」既為水名，又為口沫；「溺」既為水名，又為陷溺、為尿液；「紅」既為紅色，又為五服同功、為女紅；「核」既為蠻夷箱篋名，又為果仁〔註39〕。因為意義上沒有關係，所以這些僅只是單純的同形字，與字源亦無關係。

（二）新字與母字本只是由於音同音近而借用，後來增意符而成轉注字。

　　這類也有幾種情形：

1、加意符以別於其本義：

　　如「諾」，金文借用「若」表示，小篆才加「言」，「若」字甲文作𢔛，象一跪坐之人，伸手整髮之形，本和諾言無關。又如甲文借「白」為「百」，「百」之義就是一百，故以合文「一白」為「百」字。

2、加意符以別於其借義：

　　如燃字本作「然」，因然字借為然否等語詞而加「火」；又如「箕」的本字為「其」，「其」被借用作代名詞後，本義反而被遺忘，於是加「竹」表本義。

（三）因語言孳生所形成的轉注字，即亦聲字〔註40〕。

　　此類轉注字從其形成的過程來看，可細分為三種：

1、增意符：

　　如由「正」產生的轉注字「政」，《說文》：「政，正也。从攴，从正，正亦聲。」

2、改意符：

　　如「梳」，古書用「疏」，《說文》云：「梳，所以理髮也。从木，疏省聲。」〈急就篇〉：「鏡籢疏比各異工。」顏師古注云：「櫛之大而粗所以理鬢者謂之疏，言其齒稀疏也；小而細所以去蟣蝨者謂之比，言其齒密比也。」可知「梳」是由「疏」變化而來的〔註41〕。又如「旒」或作「斿」表旌旗垂者，古書作「流」，如《禮記、樂記》：「龍旂九流」。

〔註39〕見龍師宇純作〈廣同形異字〉。（《台大文史哲學報》，第三十六期，1988）
〔註40〕見龍師宇純著，《中國文字學》，第311頁。
〔註41〕同上註，第123頁。

3、改變形體：

如由「茶」產生「荼」字。

也有學者把《說文》「凡某之屬皆从某」的現象認作「字源」。如宋代馬端臨《文獻通考‧小學考》中載有唐代李騰作《說文字源》，並說：「（李騰）集許慎《說文》目錄五百餘字」成此書。照這樣的說法，江字从水工聲，水與江有字源關係，工與江也應視為字源，沒有水字固然造不成江字，沒有工字也造不成江字。部首與文字雖有形、義關係，卻是於造字之初，就用此部首與其他意符或聲符組成文字，不論江字或信字，皆是如此。它與字源不同，字源是指一個字，加了偏旁、筆畫，或改變字形後，產生另一個字的現象。故以部首與從屬字的關係來說字源，是沒有意義的。

「語源」也是漢字孳乳、變化過程中相當重要的一部分。它和「字源」不同之處在於：「語源」著重於探討母字與新字語言上的關係，亦即在音與義兩方面的關聯性。它包括：如「農」字甲文作，表以蜃耕田，本無「厚、多」之意，在卜辭或銘文中也未見有表「厚、多」義的用法。然而後來以「農」為聲符的「濃」（表「露多」義），「醲」（酒厚）與「襛」（衣厚）等字皆表「厚、多」之義。從「農」聲之所以有厚重義，其先疑是假借「農」字表音同近於「農」而義為厚重的語言，後來語義擴大，而有水旁、酉旁、衣旁的「濃」、「醲」、「襛」諸字，這便是所謂同語根的現象，也就是「右文」。又如「與聲」、「余聲」及「予聲」等字均有寬緩義，也是由於起初有義為寬緩，音同「與、余、予」的語言，其先或借用「與」來表示，或借用「余」、「予」，借用的字不同，所以形不同。還有，如「尼」聲字有止義（如「拘泥」），「刃」聲字亦有止義（刃字古音在泥母），如「訒（話難以出口貌）、忍」等字。

由此可知，判斷是否屬於語源的依據是同時具有音義的關聯，至於字形是否有關，反倒不是構成語源的要件。

語源不能含字源，字源卻可含語源，因假借加形之字為同字源，因引申加形之字，自然也可以是同字源。但月與夕不得視為同語源，十（乙）與十（甲）的情形更不是同語源。

至此，對「同源字」一詞略作說明，王力說：「凡音義皆近，音近義同，或音同義近的字，叫做同源字。這些字都有同一來源，或者是同時產生的，如『背』

和『負』；或者是先後產生的，如『氂』（牦）和『旄』（用牦牛尾裝飾的旗子）。同源字常常是以某一概念爲中心，而以語音的細微差別（或同音），同時以字形的差別，表示相近或相關的幾種概念。」〔註42〕陸宗達、王寧說：「隨著社會和人類認識的發展，詞彙要不斷豐富。在原有詞彙的基礎上產生新詞的時候，有一條重要的途徑，就是在舊詞的意義引申到距本義較遠之後，在一定條件下脫離原詞而獨立，有的音有稍變，更造新字，因成他詞。……詞的派生推動了文字的孳乳，爲了從書寫形式上區別源詞和派生詞，便要另造新字。在派生推動下造出的新字稱孳乳字，同源孳乳字記錄的是同根派生詞，彼此自然也有音近義通關係，所以，同源字的產生從實質上說，是詞彙派生現象的反映，不是單純的文字問題。」〔註43〕所謂同源字便是同語源的諸字，當然也可稱爲「同源詞」。

「語源」一詞其來有自。「語源學」（Etymology）是西方語言學中的一支。「語源」指語言中的詞和詞族的音、義來源。「語源學」是研究語言中詞和詞族之起源、及演變之歷史過程的一門學科。其演變主要是指一個語根如何孳衍派生，不斷發展，逐漸形成詞群乃至詞族的過程〔註44〕。我國傳統語文學的研究，是爲解釋語意和探求其來源，以通曉古代文獻的內容。既是爲求暸解語義之根源，就免不了涉及音義來源的問題，故中國古代傳統的「小學」中雖不見語源學之名，但有研究語源之實。

語源是以語言爲研究對象，其材料以音與義同時有聯繫者爲主，字形上是否有聯繫，只作爲探討語義時的參考資料。齊佩瑢說：普通訓釋語言的意義大多以「字」爲最小的單位，這都是沒有分清語言和文字的不同。聲音是語言的外形，意義是語言的內容。如果分析語言的成分而指出它表意的最小單位，應該是以音與義的配合爲基準了。「詞」是語言表意的單位，一個字只有一個音節，一個詞卻可以有一個以上的音節，如「悉蟀」之名，在語言裡只是一個詞，文字上卻寫成兩個字。一個詞可以寫成好幾種不同的字形，而一個字又可作好幾個詞用〔註45〕。他的這段話很清楚地指出語言發展中有時和字形無關的現象，尤其在探索語詞的

〔註42〕見王力著，《同源字典》的序。
〔註43〕見陸宗達、王寧合作的〈淺論傳統字源學〉，（《中國語文》1984年第五期。）
〔註44〕參任繼昉著，《漢語語源學》及劉又辛作〈漢語語言源學、詞義學淺說〉（收於其著的《文字訓詁論集》）。
〔註45〕齊佩瑢著，《訓詁學概論》，第72頁。

音義來源，或探求解釋語義時，這種現象更是常見。例如：「咆」、「嗥」、「哮」。
這三字是同一語言的關係，因音義相近，可知其為同源詞。

　　段《注》偶有提出字源或語源上的說法，但無清楚完整之理論說明。如「尊」
字，《說文》云：「酒器也。……周禮六尊……以待祭祀賓客之禮」。段《注》曰：「凡
酌酒者必資於尊，故引申以為尊卑字，自專用為尊卑字，而別製罇、樽為酒尊字矣。」
段說此例屬「因語言孳生、語義擴大而形成的轉注字」。又如段《注》在「芌」下
云：「口部曰吁，驚也。《毛傳》曰訏，大也。凡于聲字多訓大，芌之為物，葉大根
實，二者皆堪駭人，故謂之芌，其字從艸于聲也。」此例即闡發音與義之間的關係，
屬語源。

　　徐《箋》也於部分字提及與字源、語源有關之見解，在後文有較詳細之論述。

九、亦　聲

　　「亦聲」是指合體字中某一單元兼表音義的現象，歷來有「兼聲」、「會意兼
聲」、「會意包聲」、「形聲兼意」、「形聲包意」等不同稱謂。「亦聲」首見於《說文》，
即「从×从×，×亦聲」的說法。由於許慎對「亦聲」未多作說明，後人乃發揮
己見，故有各種說法。

　　究竟「亦聲」的真實情形如何？龍師認為《說文》中有提供思考的重要線索：
《說文》一書的編排，有一基本條例，即據字的義類分立部首，形聲字依形部勒。
故江、杠等字分見於水部與木部，然而如酒字不在水部，而在酉部，《說文》云：
「酒，就也，所以就人性之善惡。從水酉，酉亦聲。」「酉，就也。」其他如愷字
在豈部，云「豈亦聲」；胖字在半部，云「半亦聲」，由這些例子可見許慎於其基
本條例之外，又著眼於兩字間的音義雙重關係。女部娶、婚、姻三字皆言亦聲，
也是明據語言關係說為亦聲之證，不僅如此，又有裒集諸亦聲字專立一部的情形，
如句部收拘笱鉤三字，而不把三者分別收入手部、竹部、金部，只說其從句聲，
可見許慎之說亦聲，著眼於音義的雙重關係〔註46〕。而所謂音義的雙重關係，便
是語言孳生關係。然而，亦聲字既是緣於語言的孳生關係，究竟要具有何種關係
的字才是亦聲字呢？龍師說：所謂語言孳生關係，其實就是語義使用範圍的擴大，

―――――――――

〔註46〕見龍師宇純著，《中國文字學》，第314至316頁。

要肯定兩個單位語言是否具孳生關係,應自其是否為語言意義引申來作判斷,既然如此,兩者便須音同,至少亦須音近,而所謂音同音近,必是聲母、韻母雙方面的:兩者間又須意義上密切相關,而不得相等,關係不密切,不得為義的引申,相等則是語義未有引申,都不得為孳生語,由此言之,孳生語言的衡量標準,簡單說便是「音近義切」。如「祏」為藏宗廟主之石函,音與石同,故祏下云石亦聲,「政」與正同音,而義為名動之別,政下云正亦聲,自無可疑(註47)。簡言之,甲字從乙既取其意又取其聲,即表示甲語由乙語孳生,亦即甲字為乙字的轉注字。轉注字中因語言孳生形成的專字,實際便是亦聲字,如前文所舉的祏、梳等字。

然而,許慎雖有據語言(音義雙重)關係為說者,恐仍不能完全跳出文字的觀念;即或有此體認,也未必對語言孳生狀況有充分了解。故《說文》中有些提及亦聲的字例,實為會意字。如貧字《說文》:「財分少也。从貝分,分亦聲。」「貧」與「分」音近,但不具語義引申的密切關係,分貝可以致貧,貧則不必由於分貝,故貧字可釋為「从分貝會意」,也可釋為「从貝分聲」,終不可合之而云「从分貝,分亦聲」(註48)。由於《說文》有此矛盾現象,段玉裁或因受其影響,而說亦聲是「會意兼形聲也」(段《注》「吏」字),但其說只是指出某種文字現象,如誼字从言宜會意,「宜」又與「誼」音近(註49)。實際上,段說不涉及亦聲本質。

徐灝除了認同段說之外,另提出「由二字之音義關係論亦聲」的說法,詳見後文所述。

十、聲 訓

聲訓於漢代就出現在《說文》及注釋書中。清代學者又稱「聲訓」為「推因」或「推源」,意謂自聲音去推求其命名之所由。

一般多以聲訓為「由字音解釋字義」,而視其為義訓之一端。龍師說聲訓是推求語源,不是解釋字義(即語義),聲訓與義訓兩者性質不同。並推源後世之所以誤聲訓為義訓原因有三:

〔註47〕見龍師宇純著,《中國文字學》,第318至319頁。
〔註48〕同上註,第316頁。貧字之說見第320頁。
〔註49〕參林尹著,《文字學概說》,第110頁。林尹於「會意」那章提及:會意字的配合方式
　　　中包括「會意亦聲者」(又稱「兼聲會意」),並舉誼字為例。

（一）聲訓有因文字假借現象而與義訓形式相同者，致使人遺其實質之差別而誤以為一。

　　如《說文》云：「羊，祥也。」《釋名》云：「眉，媚也。」聲訓乃基於聲音關係以此釋彼，假借亦基於聲音關係以此代彼。只須羊祥、眉媚等果然音近，則推求語言孳乳所自，可云：「羊，祥也」，「眉，媚也」；文字之使用，自亦可借羊為祥，借眉為媚，而後人釋其義，自亦為「羊，祥也」，「眉，媚也」。故儘管二者表面相同，仍不得以為一事。二者之發生必須一先一後而不可顛倒，如云「甲、乙也」，必乙語之形成在甲語之前，不然，豈非先有其子，後乃有父。羊祥、眉媚之類，因語言之先後未能確定，故其說之可信與否遂無由裁斷，然而，此當為誤聲訓為義訓原因之一。

（二）義訓兩字之間非全不可有聲音關係。因語言有孳生現象，亦有轉變現象。

　　孳生現象即聲訓法植基所在。甲語孳生乙語，然後有聲訓之「乙，甲也。」乙甲二語關係為：語音相同，語義相關而非相等。如：「蒙者，蒙也」、「政者，正也」是其例。轉變現象即一般所稱轉語或語轉，即甲乙二語本為一語，因時間或空間因素之影響，語音上或聲母或韻母生出變化，於是歧分為二。甲乙二語關係為：語義相同，語音相近而非相等，與孳生語情形適相反。故如云：「甲，乙也」或「乙，甲也」，甲乙之間自可有聲母或韻母之同近關係，而不得以為聲訓。如《說文》云：「考，老也」、「老，考也」；「趨，走也」，「走，趨也」，趨走、考老二者間雖古韻同部，聲韻亦有密切關係，因二者實際語義相等，仍為義訓。故聲訓義訓之異，不在於有無讀音關係，而在於實際語義是否相同。然而此亦顯為後人誤聲訓為義訓原因之一，容庚以粵于、印我為聲訓，正為其例。

（三）聲訓有因語義引申而與義訓形式相同者。

　　如〈釋名・釋形體〉云：「首，始也。」此以始釋頭謂首之理，與其上文頭下云獨，同為聲訓。而實際語言，首可以引申為始義，猶元為首亦為始。此亦當為誤聲訓為義訓原因之一〔註50〕。

　　由此可知，聲訓表面上是據音釋義，但它主要的作用是藉音與義的關係，探索有親屬關係的同族詞，明其同源孳乳之所由。故與義訓有實質上的差別。

〔註50〕誤聲訓為義訓的三項原因見龍師宇純作〈論聲訓〉，刊載於《清華學報》新九卷一、二期合刊。

段玉裁以「聲義同源」爲其聲訓的基本理論〔註51〕。段氏對於聲訓的看法主要表達在「天」字的注裡。《說文》:「天,顚也。」段《注》云:「此以同部疊韻爲訓也。凡門、聞也,戶、護也,尾、微也,髮、拔也,皆此例;凡言元、始也,天、顚也,丕、大也,吏、治人者也;皆於六書爲轉注,而微有差別。元始可互言之,天顚不可倒之。蓋求義則轉移皆是,舉物則定名難假。然其爲訓詁則一也。顚者人之頂也,以爲凡高之稱。始者女之初也,以爲凡起之稱。然則天亦可爲凡顚之稱。臣於君、子於父、妻於夫、民於食、皆曰天是也。」龍師對其說曾有評論:「既以天顚與門聞同例,又以天顚與元始同例,然門聞推求語源,元始闡釋字義,豈可兩屬?臣於君、子於父、妻於夫、民於食稱天者,尊之重之之意,非天爲顚之義之證。古文字天作 𡗜,象人而豐其首,《易》又有『其人天且劓』之語,爲鑿額之意,論者或謂天之始義爲顚,引申而爲天地義。然而此說果是,亦與《說文》言『天,顚也』之意不同。蓋《說文》於地字訓曰底也,顯然並爲聲訓。《說文》於相對之字用聲訓或義訓,體例一致,如山下云宣,水下云準,日下云實,月下云闕,牛下云事也理也,馬下云武也怒也,羊下云祥也,故於此等處,必須相互比較,然後可以知許君之本意,不可隨意強爲之解。」〔註52〕

徐灝對聲訓的看法與段《注》不盡相同,如他指出:聲訓之法來自闡發語言形成之所由,觀念是正確的。後文將詳述徐《箋》之說。

十一、因聲載義

「因聲載義」、「音近義通」等是語言發展過程中,客觀存在的一種現象。隨著時代文明的進步,事物的發展也日趨複雜。在某一種聲與義、名與實的相互關係已約定而共許之後,當人們想要表達另一種和舊義相近的意義,爲另一種與舊事物相似的事物命名時,便傾向採用已有的名實音義之標準,以音同音近的語彙做爲材料來製造新的字詞。如前文所舉的「農」、「濃」、「醲」、「襛」等字之關係。

清代學者,在論述「音近義通」及「因聲載義」這方面有超越前人的見解。如王念孫說:「有聲同字異,聲近義同,雖或類聚群分,實亦同條共貫,譬如振

〔註51〕見林尹著,《訓詁學概要》,第 122 頁。
〔註52〕見龍師宇純作〈論聲訓〉。

—28—

裘必提其領，舉網必挈其綱。……今則就古音以求古義，引申觸類，不限形體。」（〈廣雅疏證自序〉）又如段玉裁主張「凡從某聲多有某義。」他們重視文獻語言中不少「聲同字異」而又「聲近義通」的現象，進而提出「因聲求義（因聲載義）」之說。

「因聲載義」與「聲訓」所施用的範圍不盡相同，龍師指出其相異處在於：聲訓不包括轉語，而轉語可歸入因聲載義。龍師說：語言有孳生現象，也有轉變現象。孳生現象即聲訓法植基所在。甲語孳生乙語，然後有聲訓之「乙，甲也」。乙甲二語關係為：語音相同，語義相關而非相等。如蝕食、纁眉之類。轉變現象即一般所稱轉語或語轉。即甲乙二語本為一語，因時間或空間因素之影響，語音上或聲母或韻母生出變化，於是歧分為二。甲乙二語關係為：語義相同，語音相近而非相等，與孳生語情形適相反。如趨走、考老之類。

《說文》中聲訓皆求其語言所自，因聲求義則可泛及一切同源詞，如「走」與「趨」只能認定為同源詞，其出現的先後早晚卻無法推測。若云「走，趨也」或「趨，走也」，則只謂二者義同，是同一詞的「變形」（實即變音），不能視作聲訓〔註53〕。由此界定可知，段玉裁提出的「凡同聲多同義」（如「晤」字，段《注》云：「晤者，启之明也，心部之悟，疒部之寤，皆訓覺，覺亦明也。同聲之義必相近。」）；「凡字之義必得諸字之聲」（如「鏓」字，段《注》云：「囪者多孔，蔥者空中，聰者耳順，義皆相類。凡字之義必得諸字之聲者如此。」）等主張，應屬「因聲載義」的範圍。

徐灝贊同段《注》說：「凡農聲之字皆訓厚。」可見他也有「因聲載義」的概念。其說見後文所述。

〔註53〕同註52。

第二章 徐《箋》之分析

本章介紹徐《箋》述評段《注》的實際內容。首先說明此章的架構及作法：

大致分爲三類，即分作三節：「徐《箋》贊同段《注》意見部分」、「徐《箋》反對段《注》意見部分」及「徐《箋》增補與段《注》無關的意見部分」。其中，增補一類是指對某些個別字的段《注》之說，徐《箋》並未表示贊同或反對，而是另外提出與段《注》無關的看法。如元字段《注》說爲形聲，徐《箋》於採形聲一說外，又附錄戴侗說爲會意，並說明其作箋之想法、態度：「凡異說有可采者，附錄以備一義，亦許君博采通人之意。」神字段《注》只簡單地說：「天神引三字同在古音第十二部。」徐《箋》則有「形體演變」上的看法：「鐘鼎古文申作 ㄓ，神从 ㄓ 由古文變也。」這就是他的立說，與段《注》全然無關。

三者不可偏廢，其下分列：說六書、說字形（含「形體演變」、「部件解說」與「省形省聲」）、說字義、說字音及說字源、語源等項目，期使徐《箋》的豐富內容，能作較清楚詳細地呈現。每項下先作概要之說明，然後列舉字例。此章因重在介紹徐《箋》之內容，於字例中僅列《說文》、段《注》（係徐《箋》中「《注》曰」的部分）與徐《箋》三者的看法。至於徐《箋》之說的優劣，及與段《注》之說的孰是孰非，將於第三章「徐《箋》的成就」、第四章「徐《箋》的商榷」中評論。

第一節　徐《箋》贊同段《注》意見部分

一、說六書

漢字有六種構成文字的法則，也稱爲「中國文字的構造法則」，亦即六書。徐

《箋》不曾全面系統的對六書作出解釋，其大意可以從個別文字的說解中觀察出來，將於結論部分歸納說明。

（一）、贊同段《注》之說象形字

「象形者，畫成其物，隨體詰詘，日月是也。」段《注》云：「象當作像。像者，似也。……詰詘，見言部，猶今言屈曲也。日下曰：『實也，太陽之精。象形。』此復舉以明之，物莫大乎日月也。」此外，月字段《注》曰：「象不滿之形。」徐灝對象形的定義持和許、段相同的看法如《說文》：「气，雲气也。象形。」《注》云：「象雲起之貌。」《箋》曰：「古蓋作 ，象形，所謂畫成其物，隨體詰詘也。」又如《說文》：「火，燬也，南方之行炎而上，象形。」《注》云：「大其下，銳其上，象形。」《箋》曰：「蓋古火字作 象火之華焰。」

徐《箋》贊同段《注》說為象形的字例如「牛」、「鬲」等：

牛

《說文》：牛，大牲也。牛，件也。件，事理也。象角頭三，封尾之形。

徐《箋》：《注》曰：上三歧象兩角與頭，中畫象封。封者，肩甲墳起之處。下垂象尾也。○《箋》曰：古蓋作 ，象背視之形。牛羊字皆象牲體，知者以羊篆四足排列也。牛為物大，故不著其足耳。

鬲

《說文》：鬲，鼎屬。實五觳。斗二升曰觳。象腹交文三足。

徐《箋》：《注》曰：〈釋器〉曰：鼎款足者謂之鬲。按：款足，郭云曲腳。《漢郊祀志》則云：鼎空足曰鬲。○《箋》曰：古鐘鼎文鬲或作 ，象形。《繫傳》曰：上頸也，腹交文，謂其刻飾。

（二）、贊同段《注》之說指事字

段、徐二人皆受《說文》「視而可識、察而見意」的影響，認為指事有表「抽象事物」之意，段《注》云：「指事之別於象形者，形謂一物，事晐眾物，專博斯分。故一舉日月、一舉上下。」徐《箋》曰：「上下無形可象，故於一畫作識，加

於上為上，綴於下為下，是謂指事。」（第一章第三節已述）徐《箋》贊同段《注》說「一」、「上」二字為指事字：

一　一

《說文》：一，惟初太始。道立於一，造分天地，化成萬物。

徐《箋》：《注》曰：一之形於六書為指事。○《箋》曰：造字之初，先有數而後有文，一二三三，畫如其數，是為指事，亦謂之象事也。

上　上

《說文》：上，高也。此古文上。指事也。

徐《箋》：《注》曰：凡指事文絕少，故顯白言之。不於一下言之者，一之為指事不待言也。象形者，實有其物，日月是也。指事者，不泥其物而言其事，上丁是也。○《箋》曰：上下無形可象，故於一畫作識，加於上為「上」；綴於下為「下」，是謂指事。

（三）、贊同段《注》之說會意字

段《注》於「比類合誼，以見指撝，武信是也」下云：「會者合也，合二體之意，一體不足以見其意，故必合二體之意以成字。」徐《箋》也持相同的看法，如祭字《箋》曰：「凡合二字三字以見意者皆為會意。自序曰：『會意者，比類合誼，以見指撝，武信是也。』武從止從戈謂能止人之戈也；信謂信使，故從人言，使人傳言也。故曰：止戈為武、人言為信。祭從示從又從肉，以手持肉而祭也。」徐《箋》贊同段說「祭」、「隻」、「令」等字為會意字：

祭　祭

《說文》：祭，祭祀也，從示，以手持肉。

徐《箋》：《注》曰：此合三字會意。○《箋》曰：凡合二字三字以見意者，皆為會意。自序曰：「會意者，比類合誼，以見指撝。武，信是也。」武從止戈，謂能止人之戈也。信謂信使，故從人言，使人傳言也。故曰：止戈為武，人言為信。祭從示從又從肉，以手持肉而祭也。

隻 隻

《說文》：隻，鳥一枚也。从又持隹，持一隹曰隻，二隹曰雙。

徐《箋》：《注》曰：造字之意，隻與雙皆謂在手者，既乃泛謂耳。○《箋》曰：《繫傳》曰：會意。

令 令

《說文》：令，發號也。从亼卪。

徐《箋》：《注》曰：號嘑者，招集之卪也，故从亼卪，會意。○《箋》曰：令者持節以號召於人也。故从卪从Ａ，Ａ者集也。

（四）、贊同段《注》之說形聲字

段、徐二人皆謂形聲字是結合義符和聲符成字。（第一章第三節已述）

徐《箋》贊同段《注》說爲形聲的字例，如「元」、「屮」等：

元 元

《說文》：元，始也，从一从兀。

徐《箋》：《注》曰：此當从一兀聲。原本作「从兀」。元，始也，見〈爾雅‧釋詁〉。○《箋》曰：楚金云：「俗本有『聲』字，人妄加之。」蓋因兀有五忽切之音，故疑其未諧。不知古音讀如月，聲轉乃五忽切耳。有聲字者蓋許君原本也。‥‥元、首同義，故引申之皆爲凡始之偁。

屮 （厹）

《說文》：屮，獸足蹂地也。象形。九聲。……蹂，篆文从足柔聲。

徐《箋》：《注》曰：（於「象形」下注「謂乚」，且未反對《說文》說爲「九聲」）足著地謂之厹。以蹂釋厹，以小篆釋古文也。○《箋》曰：乚，象形，其形略，故从九聲。與「星，从○，象形，生聲」同例。引申爲凡踐蹂之偁。

（五）、贊同段《注》之說假借字

段《注》云：「假借者，古文初作，而文不備，乃以同聲爲同義。……託者，寄也，謂依傍同聲，而寄於此。則凡事物之無字者，皆得有所寄而有字。」又「烏」字段《注》云：「取其字之聲可以助气，故以爲烏呼字。此發明假借之法。」而徐灝對假借的基本看法，如「之」字《箋》曰：「『之』之言滋也。……灝按：之借爲語詞，又爲之往之義，《爾雅》曰：『如、適、之，往也。』『如、適、之』之本義皆非往而借爲往，此正所謂『本無其字，依聲託事』也。」可見段、徐二人皆沿用《說文》「假借者，本無其字，依聲託事。」

段《注》有「假借引申」之說，徐《箋》反對之（見第三章），兩人對假借的看法雖非完全相同，但對一些個別的字，如「詖」、「無」等，徐《箋》則贊同段《注》說爲假借。

詖 諛

《說文》：詖，辯論也。古文以爲頗字。从言皮聲。

徐《箋》：《注》曰：（於「古文以爲頗字」下）此古文同音假借也。頗，偏也。○《箋》曰：《繫傳》曰：《詩序》：「險詖私謁之心。」《孟子》曰：「詖辭知其所蔽。」按此皆假詖爲頗也。

無 𣞤

《說文》：無，豐也，从林奭，或說規模字。从大卌，數之積也，林者，木之多也，卌 與庶同意。《商書》曰：「庶草繁無」。

徐《箋》：《注》曰：〈釋詁〉曰：蕪，茂豐也。《釋文》曰：「蕪古本作𣞤。」按此蕃𣞤字也。隸變爲無，遂借爲有無字，而蕃無乃借廡或借蕪爲之矣。○《箋》曰：𣞤即蕃蕪本字，因借爲有無，故加艸作蕪。

二、說字形

除了造字方法外，字形本身也有可探討者，包括：

1、探討組成文字的各成分表何意？或有何作用？如王筠《說文釋例》的「文

節說」，即指出文字之一點一畫未必皆具深意，實爲卓識。

　　2、文字形成後，傳至今日，已歷經甲、金、篆、隸等數種字體，形體上發生了很大的改變。故形體的演變歷程，也是文字學的一重要課題。

　　3、省形省聲之說，不屬於六書之範疇，《說文》於解析字形時有提及，且後人對此現象有不同之說法，亦值得探討。

　　以下就「部件解說」、「形體演變」與「省形省聲」等各項，分別敍述徐《箋》贊同或反對（第二節）段《注》之意見，及徐《箋》對這幾項增補之看法（第三節）。

（一）、贊同段《注》之說部件

　　徐灝贊同段《注》對一些字的部件解說，如下列的「中」、「爲」等字：

　　中　中

　　《說文》：中，和也。从口丨。下上通。ꞵ古文「中」，ꞵ籀文「中」

　　徐《箋》：《注》曰：中字會意之悟，必當从口，俗皆从口，失之。○《箋》曰：此篆段改从口，是也。作中者，乃書家用筆取其茂美。今明其義，而篆體仍依原本書之。後皆倣此。從口而識其適中之處。

　　爲　爲

　　《說文》：爲，母猴也，其爲禽好爪。爪，母猴象也。下腹爲母猴形。王育曰：爪，象形也。爲古文「爲」。象兩母猴相對形。

　　徐《箋》：《注》曰：假借爲作爲之字，凡有所變化曰爲。……上既从爪矣，其下全象母猴頭目身足之形也。○《箋》曰：孔廣居曰：爲字上从二爪，下腹爲母猴形，謂爲象形是也。蓋小篆上體作爲二爪，其一爪左筆引長，中畫與下體相連，遂不可復識耳。

（二）、贊同段《注》之說形體演變

　　段氏於「省」、「歙」等字的注解，可視爲與形體演變有關，如省字段《注》從「古文目字作⊙」這一資料，指出《說文》「古文『省』从『四』」之說非也，

他的此項說法含有訛變之觀念。又歠字段《注》云：「隸作『飲』。」說明此字小篆與隸變後的字形不同。徐《箋》皆贊同段《注》這些看法。茲將此二例詳述於後：

省　睂

《說文》：省，視也。从眉省，从屮。𥄎古文从少从囧。

徐《箋》：《注》曰：古文省从囧，非也。古文目作𡇡，此與𡆥皆从之。○《箋》曰：古文从囧，誤。段謂當从目之古文𡇡，是也。篆文从眉从屮義不可通。

歠　歙

《說文》：歠，歠也，从欠酓聲。𣎵古文歠，从今水。𩚦古文歠，从今食。

徐《箋》：《注》曰：〈易蒙卦〉虞注曰：水流入口為歠。……酓从酉今聲，……隸作「飲」。○《箋》曰：隸作「飲」，合小篆古文而變。

（三）、贊同段《注》之說省形省聲

徐灝對一些段《注》說為「从某省」之字表示贊同，如「豈」；又段《注》對部分《說文》說為「某省聲」者提出異議，如「哭」，徐灝也贊同段說。茲將「豈」、「哭」二例詳述於下：

豈　豈

《說文》：豈，還師振旅樂也，一曰：欲也，登也。从豆，微省聲。

徐《箋》：《注》曰：从豆當作从壴省，「豈」為獻功之樂，壴者陳樂也。「微」當作「散」。○《箋》曰：段云从壴省亦通。

哭　哭

《說文》：哭，哀聲也。从吅獄省聲。

徐《箋》：《注》曰：从犬之字，如狡獪狂默狠獷狎狃之類，皆从犬。而移以言人，安見非哭本謂犬 而移以言人也。○《箋》曰：段說是也。凡禽獸字義多借以言人事，如篤本訓馬行頓遲，而以為人之篤實。哭為犬噑，而移以言人，可推而知也。

三、說字義

《說文》釋義以本義爲準,引申假借之義偶一及之。段《注》、徐《箋》也常在字的本義上表示意見。如巨字、朝字。段《注》又常據本義言引申、假借義,如瑞字的本義是玉做的符節,段《注》於瑞字下云:「引申爲祥瑞者」。宵字本義爲夜,段《注》於宵字下云:「有假宵爲小者,〈學記〉之宵雅是也。」徐《箋》也有類似的作法。茲將徐《箋》在說字義方面,贊同、反對(見第二節)或增補(見第三節)段《注》的意見,分別敘述於後。

(一)贊同段《注》之說字義

徐《箋》贊同段《注》對部分字之本義、或引申義的說解,如下列「巨」、「朝」、「出」、「既」等例:

巨　巨

《說文》:巨,規巨也,从工,象手持之。巨古文「巨」。

徐《箋》:《注》曰:夫部「規」有法度也,不言圓曰規,蓋規矩二字猶言法度耳。凡識其廣長曰矩,故凡有所刻識皆謂之矩。古文象手持之。○《箋》曰:段說是也。古不分別規圓矩方,故於文,工象爲方之器,而巨从工,象手持之。

朝　𣎃

《說文》:朝,旦也,从𣎃舟聲。

徐《箋》:《注》曰:朝之義主謂日出地時也。○《箋》曰:《爾雅・釋詁》曰:朝,旦早也,因之晨見曰朝,臣於君,子於父母……皆是。

出　𑰥

《說文》:出,進也,象艸木益滋,上出達也。

徐《箋》:《注》曰:本謂艸木,引申爲凡生長之偁。又凡言外出,爲內入之反。○《箋》曰:艸木之𦬆曰出,引申爲凡出入之偁。鄭樵曰𦬆皆五出,故象五出之形。是也。

既　𩟡

《說文》：既，小食也。从皀旡聲。

徐《箋》：《注》曰：引申之義爲盡也，已也。○《箋》曰：小食易盡，故引申爲盡也，已也。

四、說字音

本文的「說字音」並非指一般聲韻學上學理的探討，而是指段、徐二人於注解《說文》時，運用聲韻上的知識來解說某字之字音爲何，或字與字之間在聲音上的關係等，故有述及「雙聲」、「合韻」者。又字音常隨時空不同而改變，後來的字音多與周秦、漢代時的字音不同。因此，段、徐往往在這方面提出說明。茲將徐《箋》在這些項目上，贊同或反對（見第二節），或增補（見第三節）段《注》的意見分別敘述於後。

（一）贊同段《注》之說字音

段玉裁認爲有些後來不同部的韻，在古代是合韻，例如文微二韻。徐灝也認爲本是一韻，後來有些字轉入與其音相關的韻部，如「昕」。又徐灝贊同段氏運用《說文》中的「讀若」來解說古音，如「菳」。此外，二人皆認爲「賂」、「路」等字的古音與「各」有關。茲將「昕」、「菳」、「賂」等例詳列如後：

昕　昕

《說文》：昕，旦明，日將出也。从日，斤聲。讀若希（許斤切）

徐《箋》：《注》曰：斤聲而讀若希者，文微二韻之合也。今讀許斤切則又合乎最初之古音。○《箋》曰：凡从斤聲之字皆在文韻，周秦間，旂頎沂蚚靳等字聲轉入微韻，而昕亦讀曰希。

菳　菳

《說文》：菳，牛藻也，从艸君聲，讀若威。（渠殞切）。

徐《箋》:《注》曰:莙聲而讀若威,此由十三部轉入十五部。〇《箋》曰:莙讀若威,故君姑亦曰威姑,運斗亦曰威斗,皆其例也。

賂 賂

《說文》:賂,遺也。从貝,各聲。(洛故切)。

徐《箋》:《注》曰:各古有洛音,鉉云當从路省聲,非也。〇《箋》曰:路亦各聲。

五、說字源、語源

前文曾述及漢字的發展,變化可分為兩方面:一者為形體上的演變,字形改變(或訛變、或繁化、簡化),但字義不變;另一者為文字的孳乳衍生,指的是從一個字產生其他字的情形,包含:字形變異,字義也跟著改變,變成另一個新字。其中有同形異字的歧分,因假借加意符而成的轉注字,及因引申加意符產生的轉注字(亦聲)等「字源」現象(詳見第一章第三節)。孳乳衍生的情形也涵概語源,包括如「濃、醲、襛」諸字同語根(「右文」)的情形,及如「與」聲、「余」聲、「予」聲皆有寬緩義(音義上有關)的現象(詳見第一章第三節)。

茲就「字源」、「語源」二項,分別將徐《箋》贊同、反對(見第二節)或增補(見第三節)段《注》的意見詳述於後。

(一)、贊同段《注》之說字源

段《注》在某些字中述及「字源」方面的觀念,然其說不明顯。徐《箋》贊同段《注》之見解,並進一步提出說明。如「位」字段《注》僅云:「古者立、位同字。」而未明原因。徐《箋》則指出二者在字義上的關聯:「人所立處謂之位,故立、位同字。」又如「萬」字,段、徐皆認為本謂蟲名,借為數名,久假不歸後,蟲名之字乃別作「蠆」,遂歧而為二。此屬於文字的歧分。又對一些《說文》、段《注》說為亦聲者,徐灝表示贊同,如「吏」、「祟」等字。茲將「位」、「萬」、「吏」、「祟」等例詳列如下:

位 位

《說文》：位，列中庭之左右謂之位，从人立。（「立」字《說文》：「住也，从大立一之上」。）

徐《箋》：《注》曰：古者立、位同字，〈小宗伯〉「掌神位」，故書位作立。古文《春秋》「公即位」爲「公即立」。○《箋》曰：位立同字，說見立部，錢氏坫曰：此應作位列也。（「立」字徐《箋》曰：灝按人所立處謂之位，故立位同字。）

萬 𧴪

《說文》：萬，蟲也，从厹。象形。

徐《箋》：《注》曰：謂蟲名，叚借爲十千數名。而十千無正名，遂久假不歸。與虫部蠆同，象形，蓋萬亦蠆之類也。○《箋》曰：因爲數名所專，俗書又加虫作蠆，遂歧而爲二。（徐《箋》又於「蠆」下曰：蠆與萬蓋本是一字，因叚爲十千數名而訛从𠀇，遂歧爲二。俗書又加虫於萬以爲蠆而成蠆字，幾不可復識矣。）

祟 祟

《說文》：祟，神禍也，从示从出。

徐《箋》：《注》曰：釋玄應《眾經音義》曰：謂鬼神作災禍也，出亦聲，瀆於鬼神則致祟。○《箋》曰：《繫傳》云：祟者神自出之以警人，故从出。出又音吹去聲，故《詩》曰：「匪舌是出，惟躬是瘁」，故又出聲。

吏 吏

《說文》：吏，治人者也。从一从史，史亦聲。

徐《箋》：《注》曰：吏治疊韻爲訓。凡言亦聲者，會意兼形聲。○《箋》曰：从一从史會意，言一遵守法令也，史亦聲。段云會意兼形聲是也。

（二）、贊同段《注》之說語源

徐《箋》贊同部分段《注》說「凡從某聲多有某義」的字例，如前述段說「凡農聲之字皆訓厚」（見第一章第三節），徐灝也說：「農者，厚用其力之義。故凡農聲之字，皆有厚義。」又如段說：「逆迎雙聲，二字通用。」徐《箋》贊同之：「逆迎聲近而義同。」

茲將「逆」字例詳列如下：

逆 𨒤

《說文》：逆，迎也。从辵，屰聲。關東曰逆，關西曰迎。

徐《箋》：《注》曰：逆迎雙聲，二字通用。如〈禹頁〉：「逆河」，今文《尚書》作「迎河」是也。○《箋》曰：逆迎聲近而義同。

第二節　徐《箋》反對段《注》意見部分

一、說六書

（一）、反對段《注》之說象形字

徐灝對象形文字的界定與段氏相同。然而，對部分字，不贊同段氏說爲象形字，主張應是指事字或會意字。如「疒」字、「大」字。又反對段《注》說象形，並非只限定於：指某字非象形字，重點是兩人的看法有何不同，因此也包括：反對段《注》說象某形，徐《箋》認爲應象他物之形，此仍屬反對的範圍。其他項目亦是如此，如形聲字有段《注》說從甲聲，徐《箋》反對，認爲應從乙聲的。

茲將「工」、「疒」及「大」等字，詳述如下：

工 工

《說文》：工，巧飾也。象人有規榘也。與巫同意。𢒄古文「工」，从彡。

徐《箋》：《注》曰：巧飾，謂如㦬人施廣領大袖以仰涂，而領袖不污。惟孰於規矩者，乃能如是。引申之，凡善其事曰工。直中繩，二平中準，是規矩也。𢒄從彡象其善飾。巫從𠃌象其兩襃舞，故曰同意。○《箋》曰：巧飾謂百工技巧。《漢書・食貨志》曰：「作巧成器曰工」是也。段引〈揚雄傳〉㦬人之事爲說，轉覺不切。其云：直中繩，二平中準，亦同泛設。此字形蓋象爲方之器。《周髀算經》曰：圜出於方，方出於矩，是矩爲諸形之本。故造字象之也。引申之，凡有職業皆曰工。

疒 疒

《說文》：疒，倚也，人有疾病，象倚箸之形。

徐《箋》：《注》曰：倚與疒聲相近，橫者直者相距，故曰象倚箸之形。○《箋》曰：段說象形未確，灝謂疒疑只象臥寢，從爿建類，從一指事，爿即古床字。人有疾則臥時多，故凡疾病字皆用爲偏旁，久而遂專其義，若直訓爲疾，則寤寐等字從疒爲不協於義矣。疒讀與匿同，高誘注《呂覽論人》云匿猶伏也，即睡臥之義也，隸變作疒，上有點者蒙广而加之。

大 夨

《說文》：夨，傾頭也。從大，象形。

徐《箋》：《注》曰：夨象頭傾，因以爲凡傾之偁。象形者，象頭不直也。○《箋》曰：傾頭者，從大而屈其首。會意，非象形也。

（二）、反對段《注》之說指事字

雖然段氏與徐灝二人對「指事」的界定，基本上是相同的。但對於一些字是否屬指事字，卻有不同的看法。如段《注》於〈說文敍〉云：「指事者，視而可識，察而見意，上下是也」底下云：「乙丁戊己皆指事也。……子丑寅卯皆指事也。……」段《注》根據《說文》而認爲這些字是指事字。徐灝則以「丑」、「丁」等字的鐘鼎文字形來求其本形本義，說爲象形字。並指出許慎、段氏的錯誤說解。詳述如下：

丑 丑

《說文》：丑，紐也，十二月萬物動用事。象手之形。時加丑，亦舉手也。

徐《箋》：《注》曰：《釋名》曰：丑，紐也，寒氣自屈紐也。十二月萬物動用事，人於是舉手有爲。又者，手也。從又而聯綴其三指，象欲爲而凓冽氣寒未得爲也。每日太陽加丑，亦是人舉手思奮之時。○《箋》曰：丑之本字象人手有所執持之形，假借以爲辰名耳。段以丑月爲本義，失之。

丁 十

《說文》：丁，夏時萬物皆丁實。

徐《箋》：《注》曰：律書曰：丁者，言萬物之丁壯也。○《箋》曰：許云夏時萬物皆丁實，蓋以爲象果實形。然果實未有稱丁者，疑丁即今之釘字。象鐵戈形，鐘鼎古文作 ●，象其鋪首。↑則下垂之形也，丁之垂尾作↑。自其顛渾而視之，則爲 ●。

（三）、反對段《注》之說會意字

在「會意」的界定或分類上，徐《箋》並無特別反對段《注》的論述，只是對一些個別的字是否屬會意，或某字是由哪些偏旁合成會意字，徐《箋》與段《注》的看法有異。如徐《箋》反對段說「碧」爲「从白會意」，認爲應是「白聲」。又如「帚」字，徐《箋》未反對其是會意字，但他採戴侗「象手持帚形」之說，並指出：戴說較段說「合三字（又、冂、巾）會意」爲優。

茲將「碧」、「帚」二字詳述於後：

碧 碧

《說文》：碧，石之青美者。从玉石，白聲。

徐《箋》：《注》曰：碧从玉石者，似玉之石也。碧色青白，金剋木之色也。故从白。云白聲者，以形聲包會意。○《箋》曰：段以白爲金剋木之色，謂之會意。殊謬。……於字義無涉，徒穿鑿無當。

帚 帚

《說文》：帚，糞也。从又持巾埽冂內。

徐《箋》：《注》曰：冂當作郊冂字，音扃，介也。凡埽除以潔清介內。持巾者，埽之事。防於拂拭。因巾可拭物，乃用萑芀黍梨爲帚拂地矣。合三字會意。○《箋》曰：戴氏侗曰：「帚象手持帚形。」其說似優。

（四）、反對段《注》之說形聲字

形聲是一形符一音符的結合體，形符一般便是意符，本是無可議論的。徐灝於形聲的理論上，自無反對段《注》之處，然而於一些個別字中，可看到徐、段二人對某個字是否爲形聲字，有不同的看法。有的從字形字義的分析上，反對段

氏說爲形聲，如「言」、「攴」等字。或有徐《箋》認爲是亦聲者，如「禘」字。
還有二人皆說爲形聲，但對何者爲聲符的看法不同，如「盟」字。茲將這些例子，
詳述如下：

言 𠖚

《說文》：言，直言曰言，論難曰語。从口辛聲。

徐《箋》：《注》曰：（「从口辛聲」下無評論。）《爾雅》：言，我也。此於雙
聲得之，本方俗語言也。○《箋》曰：鄭樵《六書略》曰：「𠖚 从二（上）从舌。
自舌而出者，言也。」其說自通，古文上或从二或從一，故「言」或作𠖚。

攴 㩉

《說文》：攴，小擊也。从又，卜聲。

徐《箋》：《注》曰：此字从又卜聲，又者，手也。○《箋》曰：疑本象手有
所執持之形。

禘 禘

《說文》：禘，諦祭也，从示帝聲，周禮曰五歲一禘。

徐《箋》：《注》曰：（「从示帝聲」下無評論。）諦祭者，審諦昭穆也。……
○《箋》曰：戴氏侗曰：三代而上所禘皆帝也。从示帝聲，亦會意。

盟（盟）盟盟

《說文》：盟，《周禮》曰：國有疑則盟，諸侯再相與會，十二歲一盟，北面
詔天之司慎司命。盟殺牲歃血，朱盤玉敦，以立牛耳。从血从囧，盟篆文从朙，
盟古文从明。

徐《箋》：《注》曰：各本篆文从血，今正作皿。……鄭云：合諸侯者必割牛
耳，取其血，歃之以盟，珠槃以盛牛耳。尸盟者執之。玉敦，歃血玉器。从囧，
明也，朱盤玉敦器也，故从皿聲。○《箋》曰：从囧建類亦無義，殺牲歃血，故
从血囧聲。《繫傳》作从囧血聲，乃誤倒耳，今正之。

（五）、反對段《注》之說轉注字

徐《箋》反對段氏以互訓說轉注，理由有三：第一，從許愼舉考老二字爲例可知，《說文》的轉注應不包括「異部互訓」（考老同部）。第二，互訓屬訓詁的注釋方法之一，轉注乃造字之一法，性質、範圍皆不同，豈可以訓詁的注釋法當作造字法？第三，段《注》實受《說文》之影響。徐灝對「建類一首，同意相受」有所質疑，他先是以《繫傳》之舉例：「松柏同受意於木」，來說明「建類一首，同意相受」之恉，再提出「如此則轉注即是諧聲，六書僅有其五，恐非法也。」的批評（見徐《箋》「下」字）。

徐灝反對段《注》以互訓說轉注的內容，見於下列「下」、「鑒」二例：

下 下

《說文》：下，底也。

徐《箋》：《注》曰：許氏解字多用轉注。轉注者，互訓也。底云下也，故下云底也，此之謂轉注。○《箋》曰：段以互訓爲轉注，大誤。許云：「轉注者，建類一首，同意相受，考老是也。」異部互訓非建類一首明矣。況轉注乃造字之一法，豈可以訓詁之注釋當之乎。轉注之說先儒傳聞異詞迄無定論。《繫傳》謂：若耆耄等字取類於老、松柏同受意於木、江漢同主於水，似與「建類一首，同意相受」之恉有合，但如此則轉注即是諧聲，六書僅有其五，恐非法也。

鑒 鑒

《說文》：鑒，剛也。

徐《箋》：《注》曰：「剛」當作「劂（剠）」，今正。刀部「劂（剠）」：「刀劍（劍）刃也。」「刃」下曰：「刀鑒也。」故「劂」與「鑒」爲轉注。○《箋》曰：段改非是，其以互訓爲轉注，亦非。‥‥「剛」字不訛。

（六）、反對段《注》之說假借字

自許愼至清儒，講「假借」皆含「引申」在內，亦即無論意義有關與否，字形上看不出來的都是假借，此觀點並不正確。（詳見第一章第三節）徐《箋》反對段說「引申假借」，他認爲：凡義有關的（如引申義），即非假借。（詳見第三章徐

《箋》的成就）如「共」字徐《箋》曰：「供給、供奉皆共之引申，段以爲假借，亦非也。」又徐《箋》反對段《注》將某些文字的字形變化現象說爲假借，如「帝」字段《注》云：「古文以一爲二（上），六書之假借也。」徐《箋》對此不認同。茲將「共」、「帝」二例詳列於下：

共　芹

《說文》：共，同也。从廿廾。

徐《箋》：《注》曰：廿，二十并也。二十人皆竦手，是爲「同」也。《周禮》、《尚書》「供給」、「供奉」皆借其字爲之。○《箋》曰：共，古「拱」字，亦古「供」字，「供給」、「供奉」皆「共」之引申，段以爲假借，亦非也。

帝　帝

《說文》：帝，諦也。王天下之號也。从丄束聲。帝，古文帝，古文諸丄字皆从一，篆文皆从二，二，古文上字。辛、言、示、辰、龍、童、音、章，皆从古文丄。

徐《箋》：《注》曰：古文以一爲二　（上），六書之假借也。○《箋》曰：「古文諸上皆从一」，指帝、帝等古文而言；「篆文皆从二」，指帝、旁、示等小篆而言。古文以一爲上者，蓋一畫居字體之上，可識也，不得謂之假借。

二、說字形

（一）、反對段《注》之說部件

段、徐二人對有些字的部件解說，意見不同。如下列的「老」、「周」等字：

老　老

《說文》：老，考也。七十曰老。从人毛匕，言須髮變白也。

徐《箋》：《注》曰：此篆蓋本从毛匕。長毛之末筆，非中有人字也。《韻會》無人字。○《箋》曰：段云此篆左垂筆，或書家取其與右相配亦未可知。但就篆體而論，則人毛匕三者皆具。且去人而但云毛匕，義亦未備。竊謂舊說既可通，

則不必爲之立異也。

周 ⿱用口

《說文》：周，密也。从用口。⿱用口古文「周」字。从古文及。

徐《箋》：《注》曰：忠信爲周，謂忠信之人無不周密者。善用其口則密，不密者皆由於口。○《箋》曰：密與不密皆从用口也。然則但從用口，何以知其必爲密乎？段說非也。用口未詳，口疑口之誤耳。

（二）、反對段《注》之說形體演變

段玉裁、徐灝雖然皆有關於古文字形體演變的概念，但對個別文字是否具形體演變的現象，則有不同的看法，如「卤」、「畼」二例：

卤 卤

《說文》：卤，草木實垂卤卤然。象形。⿰卤⿰卤卤籀文三卤爲卤。

徐《箋》：《注》曰：隸變爲中尊之卣。○《箋》曰：卤者，草木實之通名，故栗粟皆從之。卤，象形。段氏謂隸變作中尊之卣，非也。

畼 畼

《說文》：畼，不生也。从田易聲。

徐《箋》：《注》曰：今之「暢」蓋即此字之隸變。《詩》：「文茵暢轂。」《傳》曰：「暢轂，長轂也。」月令：「命之曰暢月。」注：「暢，充也。」蓋義之相反而相生者也。○《箋》曰：段說非也。「暢」字經史傳記屢見，蓋別从申易聲。申者條暢之義，不得謂「畼」之隸變。鼎臣云：畼借爲通暢之暢，俗別作暢，非是。皆因《說文》失收暢字而妄生疑論耳。

（三）、反對段《注》之說省形省聲

《說文》中有些說爲省形省聲者，或因未見甲、金文，而配合小篆字形另造臆說；或因字形訛變而致誤說，如「皮」、「牢」等字。段《注》同意《說文》，徐《箋》則提出質疑。茲將二例詳列於下：

皮 

《說文》：皮，剝取獸革者謂之皮。从又，爲省聲。，古文「皮」；，籀文「皮」。

徐《箋》：《注》曰：又，手也，所以剝取也。古音爲、皮皆在歌部。○《箋》曰：爲省聲可疑。蓋象獸皮，籀文象穿孔，小篆變爲。古文从竹，以竹支撐之也。

牢 

《說文》：牢，閑養牛馬圈也，从牛，冬省，取其四周帀也。

徐《箋》：《注》曰：牲繫於牢，故牲謂之牢。……从古文冬省也。「冬」取完固意，亦取四周象形。○《箋》曰：字从牛者，舉大牲也。象圈形，……許云从冬省，殆非也。

三、說字義

（一）反對段《注》之說字義

徐灝反對許慎或段氏對一些字之本義的說明，並提出其他的看法。如下列「告」、「異」、「家」等字：

告 

《說文》：告，牛觸人，角箸橫木，所以告人也。从口从牛，《易》曰：僮牛之告。

徐《箋》：《注》曰：牛與人口非一體，牛口爲文未見告義，且字形中無木，則告意未顯。且如所云，是告可不用口也。此許因童牛之告，而曲爲之說，非字意。……此字當入口部，从口牛聲。○《箋》曰：木箸牛角非告義，此由誤會楅衡爲說耳。戴氏侗曰：告籠牛口，勿使犯稼是也。此當从牛建類，从口指事。借爲告語之告，後爲借義所專，又加木作梏或作牿，實一字也。告語之告古亦讀與梏同。

異 異

《說文》：異，分也。从廾从畀。畀，予也。

徐《箋》：《注》曰：分之則有彼此之異。○《箋》曰：舉物以予人是分異之也，然恐非字之本義。異蓋謂怪異之物也。……阮氏鐘鼎款識召鼎銘有 字，象怪物形。……引申之，非常之事曰異，故災變稱異，人情可怪者亦曰異，……異則不同，故又為分異之儷矣。

家 家

《說文》：家，居也。从宀豭省聲。

徐《箋》：《注》曰：此篆本義乃豕之居，引申為人之居。如牢，牛之居，引申為拘牢也。○《箋》曰：古者造字何至以豕所居為人之居乎？段說非也。灝謂家从豕者，人家皆有畜豕也。

四、說字音

（一）反對段《注》之說字音：

段《注》認為某些字的音具「合韻」的關係，徐灝反對之，如「鷊」字；又某些《說文》說同一字从不同聲符者，實際上這些聲符的音並無關聯，段《注》對此沒有批評，徐《箋》則提出質疑，如「諴」字。茲將「鷊」、「諴」等例詳述於下：

鷊 鷊

《說文》：鷊，鳥也。从鳥兒聲。…… 鷊或从鬲。 司馬相如說鷊从赤。（五歷切）

徐《箋》：《注》曰：今皆左兒右鳥（「鶃」）。兒聲、鬲聲、益聲同在支部，赤聲在魚部，而用為鶃字，合韻也。○《箋》曰：赤聲與兒聲相遠。凡若此類，皆秦漢以後人所增，不必以古音繩之而求其合也。

諴 諴

《說文》：譀，誕也。从言敢聲。譀俗譀从忘。（下闞切）

徐《箋》：《注》曰：（於「俗譀从忘」下無評論。）《東觀漢記》曰：雖誇譀猶令人熱。……譀與誇互訓。○《箋》曰：諐从忘，與敢聲大異，疑有誤。

五、說字源

（一）反對段《注》之說字源：

部分段《注》說爲亦聲的字，徐灝反對之。如下列的「敗」、「酒」二例：

敗 𣃗

《說文》：敗，毀也。从攴貝。敗賊皆从貝會意。𣃗籀文敗从賏。

徐《箋》：《注》曰：古者貨貝，故从攴貝會意。貝亦聲。○《箋》曰：說解已明言从攴貝，不須再贅此。

酒 酒

《說文》：就也。所以就人性之善惡。从水从酉，酉亦聲。

徐《箋》：《注》曰：（於「酉亦聲」下無評論）賓主百拜者，酒也。淫酗者亦酒也。故曰：就人性之善惡也。……○《箋》曰：酉與酒相承增偏旁。

（酉字徐《箋》曰：戴氏侗曰：酉，醴之通名也，象酒在缸㽁中，借爲卯酉之酉，借義擅之，故又加水作酒。……周伯琦亦謂酉即酒字。灝按戴周說是也。）

第三節　徐《箋》增補段《注》意見部分

一、說六書

（一）、補說象形字

徐《箋》或引用鐘鼎文資料，或引用他人之說，來說明哪些字爲象形，或加入對《說文》「象某形」的說明，如「臣」、「我」、「矢」等字。茲將這些字例詳述如下：

臣 臣

《說文》：臣，牽也。事君也。象屈服之形。

徐《箋》：《注》曰：此以疊韻釋之。○《箋》曰：古鐘鼎文作臣，蓋象人俯伏之形。……故於文，「臣」象人屈服之狀。

我 我

《說文》：我，施身自謂也。或說：我，頃頓也。从戈从禾。禾或說古垂字，一曰古殺字。𢦔古文我。

徐《箋》：《注》曰：〈釋詁〉曰：「卬、吾、台、予、朕、身、甫、余，言我也。」或說頃頓謂傾側也。○《箋》曰：元周伯琦曰：「我，戈名，象形。借為吾我字。」按我，即古文𢦔之變體也。

矢 矢

《說文》：矢，弓弩矢也。从入。象鏑栝羽之形。……

徐《箋》：《注》曰：鏑謂丨也。金部曰：鏑，矢鋒也。栝謂八也。……羽謂一也。羽部曰：翦，矢羽是也。○《箋》曰：上象鏑，下象栝，引而長之作矢，乃見其形。……古鐘鼎文作矢或作矢。

（二）、補說指事字

徐《箋》對有的字加入「指事」的說明，如「刃」、「矦」：

刃 刃

《說文》：刃，刀堅也，象刀有刃之形。

徐《箋》：《注》曰：堅各本作堅，今正。○《箋》曰：刃者，刀口之剔，不得於刀上別作一畫以為形。周伯琦謂「从一指事」，於義為長。

矦 矦

《說文》：矦，春饗所射侯也。从人。从厂，象張布，矢在其下。……

徐《箋》:《注》曰：矦之張布，如厓巖之狀，故从厂。矢在其下，象矢集之也。○《箋》曰：从厂象張布形，矢在其下，指事。

（三）、補說會意字

除了對有的字（如「癶」）加入會意的說明之外，徐《箋》還提出「詰詘字形成會意」的看法（詳見第三章「徐《箋》的成就」），如「禾」。茲將此二例詳述於下：

禾

《說文》：禾，木之曲頭，止不能上也。

徐《箋》:《注》曰：此字古少用者。《玉篇》曰：「亦作㱦」，非是。㱦在之部，禾當在脂部。○《箋》曰：《繫傳》曰：「木方長，上㱦於物而曲也。」灝按：从木上曲，會意。

癶

《說文》：癶，足刺癶也。从止𣥂。

徐《箋》:《注》曰：刺癶疊韻。○《箋》曰：𣥂相竝爲癶，相承爲步，皆爲會意。

（四）、補說形聲字

《說文》於某些字僅述及與他字有關，徐《箋》增補此二字聲音相近之說，作爲說明，如臤字（與「賢」）。又徐《箋》對部分字增添形聲的說法，如鼻字。茲將「臤」、「鼻」二例詳列於下：

臤

《說文》：臤，堅也。从又臣聲。凡臤之屬皆从臤。讀若鏗鏘之鏗。古文以爲賢字。（苦閑切，十二部）

徐《箋》:《注》曰：鏗从堅聲，堅从臤聲。……今文盤庚固以臤爲賢也。○《箋》曰：臤即古賢字，臤本訓勞，故从又，操作之意也。〈小雅・北山篇〉：

「我從事獨賢」,《毛傳》:「賢,勞也。」引申爲賢才、賢能之儔。……古音賢臣相近,故用爲聲。

鼻 鼻

《說文》:鼻,引气自畀也。从自畀。

徐《箋》:《注》曰:鼻一呼一吸相乘除,而引气於無窮。「自」讀如今人言「自家」之「自」。「自」本訓爲鼻,引申爲自家。○《箋》曰:鼻本象鼻形,因爲語詞所專,故又从畀聲。鼻之言畀也,引气自畀也。

(徐《箋》於「自」下曰:今自與鼻不同音者,聲變之異也。)

(五)、補說轉注字

關於轉注,徐《箋》除批評段《注》的互訓說之外,也另外提出他的看法:採戴侗的「轉體說」。其說實有待商榷(詳見第四章)。

徐《箋》之說見下列「下」、「乏」等例:

下 下

《說文》:下(段訂作 二),底也。

徐《箋》:《注》曰:許氏解字多用轉注。轉注者,互訓也。底云:下也。故下云:底也。此之謂轉注。○《箋》曰:段以互訓爲轉注,大誤。……惟戴仲達以轉體爲轉注,如反上爲下、反ㄏ爲ㄑ、反正爲乏之類是也。此說人多疑之,予竊以爲獨得轉注之解說。

乏 乏

《說文》:乏,《春秋傳》曰:反正爲乏。

徐《箋》:《注》曰:《春秋傳》左氏宣十五年文此。說字形而義在其中。不正則爲匱乏也。○《箋》曰:乏蓋本爲凡不正之儔,後乃專以貧乏爲義。然人所行不正,亦未有不匱乏者也。乏又爲避矢之名。〈大射儀〉:「凡乏用革。」〈鄉射禮〉:「乏,參侯道。」鄭注:「容謂之乏,所以爲獲者御矢也。」……正本射鵠之名。正受矢而乏避矢,恰合反正爲乏之恉。故鄭樵謂正象射的形。然射的自以中正取

義，且字形不合。蓋避矢之乏，亦因有反正爲乏之文而名之耳。

（六）、補說假借字

徐《箋》或引用他人之說，或加入鐘鼎文資料，來說明某字之本義及假借爲何義，如「奚」、「庚」等字。也有提出自己的見解而說假借的，如「各」、「夕」等例。茲將這些字例，詳述於後：

奚 奚

《說文》：奚，大腹也。从大緐省聲。緐，籀文系字。

徐《箋》：《注》曰：豕部「豯」下曰：豚生三月，腹豯豯皃，古奚豯通用。○《箋》曰：戴氏侗曰：〈周官〉「酒漿醢醢之事用奚。」鄭氏曰：「古者從坐男女，沒入爲奴，其少才知者以爲奚。」今之侍史官婢或曰奚宦女。說文別有「婢」字，女隸也，又假借之，用與「何」同。

庚 庚

《說文》：庚，位西方，象秋時萬物庚庚有實也。……

徐《箋》：《注》曰：《律書》曰：庚者言陰氣更萬物。〈月令注〉曰：庚之言更也，萬物皆肅然更改，秀實新成。○《箋》曰：戴氏侗曰：「庚」鼎文作庚。庚蓋鐘類，故庸从之。周伯琦曰：庚鍾虡也。象形。借爲庚辛字。存參。

夕 夕

《說文》：夕，莫也。从月半見。

徐《箋》：《注》曰：莫者，日且冥也。日且冥而月且生矣。故字从月半見。○《箋》曰：《繫傳》曰：月字之半也，月初生則暮見西方。灝按：古當作夕，象初月之形，月初生明，當日莫時見，因謂其時爲夕也。夕古音讀與朔同。疑即古朔字，因假爲朝夕之夕，久而昧其本義。

各 各

《說文》：各，異辭也。从口夂。夂者，有行而止之不相聽也。

徐《箋》：《注》曰：詞者意內而言外也。異爲意。各爲言。夂部曰：從後至也。象人兩脛後有致之者。致之止之，義相反而相成也。○《箋》曰：灝按：各古格字，故從夂。夂有至義，亦有止義。故格訓爲至，亦訓爲止矣。因假爲異辭，久而昧其本義耳。

二、說字形

（一）、補說部件

段《注》注對某些許慎解析字形之說，未表示看法，或說法不夠明顯、完整，徐《箋》則加入自己的見解，作爲補充說明。這方面的字例有下列的「𢁋」、「骨」等字：

芇 𢁋

《說文》：𢁋，相當也。闕，讀若宀。

徐《箋》：《注》曰：《廣韻》曰：「今人賭物相折謂之芇」，《廣雅》：「芇，當也。」俗本訛作𦱤，闕謂闕其形也。从艸取兩角相當，从冂則不可知也。○《箋》曰：戴氏侗曰：「予宦越覽訟牒有芇折語，正音宀。」灝按此即《廣韻》所謂賭物相折也，以此推之則當從巾，蓋指巾帛也。繭用此爲聲。

骨 骨

《說文》：骨，肉之覈也。从冎有肉。

徐《箋》：《注》曰：冎部：覈，實也，肉中骨曰覈。……从冎有肉者，去肉爲冎，在肉中爲骨者。○《箋》曰：戴氏侗曰：「从月象形。」是也。骨肉相附麗，故骨从月，而象形，上爲骨節，下其支也。

（二）、補說形體演變

對某些字，段《注》未提及形體演變上的解說，徐灝引用鐘鼎文的資料，並以此說明這些字由金文變爲古文、小篆的情形。如「馬」、「戊」二字：

馬 馬

《說文》：馬，怒也，武也。象馬頭髦尾四足之形。𢒉，古文馬。𢒉，籀文馬。

徐《箋》：《注》曰：馬、怒、武疊韻為訓。○《箋》曰：王復齋鐘鼎款識季娟鼎銘作𢒉，乃最初之象形。古文𢒉即從此變。小篆又變作𢒉。

戌 战

《說文》：戌，斧也。从戈𠃊聲。……

徐《箋》：《注》曰：俗多金旁作「鉞」。○《箋》曰：阮氏鐘鼎款識立戉尊有𢧐字，蓋古文从𠃌象斧刃之形。……今从𠃊者，小篆之變體耳。

（三）、補說省形省聲

段《注》對一些《說文》認為是省形省聲者，未作注解。如「倉」字段《注》於「从食省」下未作任何說明，又如「會」字，於「从𠓛从曾省」下只簡單地說：「三合而增之，會意」。徐《箋》則對許說「从食省」、「从曾省」作了補充說明。下面詳述此二例：

倉 倉

《說文》：倉，穀藏也。……从食省，口象倉形。

徐《箋》：《注》曰：穀藏者，謂穀所藏之處也。○《箋》：口象倉形，其形略，故从食省，𠊊與食之篆體小不合，蓋相承筆跡小異也。……蓋从食指事，亦兼取其形。

會 會

《說文》：會，合也。从𠓛从曾省。曾，益也。

徐《箋》：《注》曰：會，合也。見〈爾雅・釋詁〉。《禮》經：器之蓋曰會。為其上下相合也。……三合而增之，會意。○《箋》曰：合者併也。合併則有所增加，故从𠓛从曾省。曾猶重也，謂重疊相合也。

三、說字義

（一）補說字義部分：

段《注》對有些字未提及引申義，徐《箋》則據本義言引申義，如「章」；或段《注》對部分字的本義交待不明顯，徐《箋》增加一些說明，如「及」。茲將「章」、「及」二例詳列於下：

章 章

《說文》：章，樂竟爲一章，从音从十。十，數之終也。

徐《箋》：《注》曰：歌所止曰章。○《箋》曰：樂曲十篇爲一章，此章之本義。因之爲篇章，引申爲條理節目之稱。古者冕服十二章，因之冠有章甫之名，此皆禮樂之事，文明之象也。故凡盛大昭明之義皆曰章。

及 㞋

《說文》：及，逮也。从又从人。……㣎亦古文及。

徐《箋》：《注》曰：辵部：「逮，及也。」从又人，及前人也。○《箋》曰：戴氏侗曰：「从人而又屬其後，追及前人也。」灝按此與「隶」同意，又古文㣎疑是逮字。

四、說字音

（一）補說字音部分：

段《注》部分字音未加注明，徐《箋》則有所增補。如「寶」《說文》：「寶，珍也。从宀从王从貝，缶聲。」段《注》對何以从「缶聲」未作注解。徐《箋》曰：「缶古重唇音，與寶近，故用爲聲。」又有的字段《注》不曾述及其古音和今音的差別。徐《箋》則增補這方面的資料，如下列的「離」字：

離 離

《說文》：離，黃倉庚也。鳴則蠶生。从隹离聲。（呂支切）

徐《箋》：《注》曰：古音在十六部。○《箋》曰：離古音在歌部，轉入支部。

五、說字源、語源

（一）、補說字源

徐《箋》對一些為區別本義與假借義而產生分化的字例，提出解說，如下列的「來」、「鐺」二例：

來　來

《說文》：來，周所受瑞麥來麰。一來二縫象芒束之形。天所來也，故爲行來之來。《詩》曰：「詒我來麰。」

徐《箋》：《注》曰：來麰者以二字爲名。《毛詩傳》曰：「牟，麥也。」當是本作：來牟，麥也。爲許「麰」下所本。○《箋》曰：來本麥名。古來麥字只作來。假借爲行來之來，後爲借義所專，別作麰秷而來之本義廢矣。

鐺　鐺

《說文》：鐺，鋃鐺也。从金當聲。

徐《箋》：《注》曰：《漢書·西域傳》：「陰末赴琅當德。」謂以長鎖鎖趙德也。○《箋》曰：鋃鐺，鐵鎖聲。古但作琅當，後相承增金旁。

（二）、補說語源

「因聲載義」、「音近義通」或「凡从某聲多有某義」等所指的現象是：某些字在起源、演變上，具有音義相關的關係。由於也是著眼於音義的雙重關係，故屬於語源。

段《注》對不少字闡發音與義的關係，如詖字段《注》云：「皮，剝取獸革也。披，析也。凡从皮之字皆有分析之意，故詖爲辨論也。」又如雐字《說文》：「白牛也。」段云：「白部曰：皧，鳥之白也。此同聲同義。」有些字未述及其音義相關的部分，徐《箋》則作了增補，如神字徐《箋》曰：「鐘鼎古文申作己，神从己，由古文變也。造字因聲載義，神从申聲即有引申之義。」又喬字徐《箋》曰：「从喬之字，如僑、驕、蹻之類，皆取高意；橋、矯、蟜皆取曲意。」

第三章　徐《箋》的成就

　　徐《箋》反對段《注》的意見中，有不少以新觀念、新資料（如鐘鼎文）糾正段《注》界定六書、解析字形及說明文字發展變化等各方面的錯誤。例如對轉注、假借，前人（包括段玉裁）大多受限於許慎的說法，徐灝卻能跳脫局限，不以許說爲唯一的依據，而提出明確的批評，故能「正段《注》之失」。

　　此外，在說明六書及字形、字音、字義或字源、語源等各方面，徐灝增加許多他個人的見解，用新觀念、或新方法而提出新的主張，可謂寓作於述。有時也引用他人之說或其他資料而提出新說，這些都是段《注》不曾見到的。換言之，徐《箋》的成就之一是「補段《注》之不足」。

由此可知，徐《箋》的成就主要表現在兩方面：「正段《注》之失」和「補段《注》之不足」。以下就「以新觀念正段《注》之失」、「以新資料正段《注》之失」、「採他人說正段《注》之失」、「以新觀念補段《注》之不足」、「以新資料補段《注》之不足」、「以新方法補段《注》之不足」及「以他人說補段《注》之不足」等分別作論述。

第一節　以新觀念正段《注》之誤

一、正以轉注爲互訓之失

　　段氏主張轉注即「互訓」，如說「下」字：「轉注者，互訓也。底云：下也，故下云：底也。此之謂轉注。」徐《箋》則說：「段以互訓爲轉注，大誤。許云：轉注者，建類一首，同意相受，考老是也。異部互訓，非建類一首明矣。況轉注乃造字之一法，豈可以訓詁之注釋當之乎。」轉注既然與象形、指事、會意、形

聲、假借等平列於造字法則的六書中，就不應轉注一項獨與文字的產生無關。段氏以訓詁之注釋爲轉注，與立名原意不合，徐灝以「轉注乃造字之一法，豈可以訓詁之注釋當之乎」的新觀念，指出段說之誤，可謂一針見血。

此外，段《注》有以互訓爲轉注而改《說文》之說的，徐《箋》反對之。如鑒字《說文》：「鑒，剛也。」段《注》改「剛」爲「剝（剝）」，徐《箋》批評段氏以互訓爲轉注而改之，是不對的。關於此字，徐鍇曰：「淬刀劍刃使堅也。」張舜徽說：「金之剛者謂之鑒，猶土剛謂之堅，土難治謂之艱，並雙聲義近，語之轉耳。」〔註1〕由此看來，徐《箋》的批評是對的。

二、正混引申與假借爲一之失

段氏主張假借有「引申假借」者，如《說文》「獨」字：「犬相得而鬥也。」《注》云：「犬好鬥，好鬥則獨而不群，引申假借之爲專壹之偁。……假借義行而本義廢矣。」然而引申屬字義範圍的擴大，不符合假借「本無其字，依聲託事」的定義。（詳見第一章第三節）徐灝指出段說之誤：「段說引申、假借往往混淆，學者所宜先辨也。」（徐《箋》祖字）徐灝認爲假借義應與本義無關聯性，也就無從說爲引申。如「之」字《箋》曰：「『之』之言滋也。……灝按：之借爲語詞，又爲之往之義，《爾雅》曰：『如、適、之，往也。』『如、適、之』之本義皆非往而借爲往，此正所謂『本無其字，依聲託事』也。」徐灝以「之」本義爲滋益，借爲語詞，固然非引申，又作爲「往」義，也與滋益之義無關，亦即非引申。可見徐灝言假借，凡義有關者，即不以爲假借，與段氏不同，此爲徐說可取之處。

徐灝反對段說「引申假借」之例，尚有：共字《說文》：「共，同也。」段《注》云：「同」爲其本義，《周禮》等古籍中的「供給」、「供奉」皆借其字爲之。徐《箋》反對，他說：「共，古「拱」字，亦古「供」字。「共」字金文作𠬞、𠬞，郭沫若曰：「象雙手奉璧之意，故共字本是大拱璧之初文。」〔註2〕亦即與「拱」有關，又李孝定先生說：「象兩手奉器形，乃『共置』之義，即今『供』字。器形之𠙵，小篆訛爲𠨋，許君以『從廿卄』解之，殊覺不辭。」〔註3〕故「共」有「供（奉）」、

〔註1〕見張舜徽著，《說文解字約注》卷二十七，第3頁。
〔註2〕郭沫若之說引自陳初生編的《金文常用字典》，第285頁。
〔註3〕見李孝定著，《讀說文記》，第68頁。

「拱」等義。徐灝認爲「供給」、「供奉」等引申義，不得說爲假借，其言無誤。又如下列「鳳」字：

鳳　鳳

　　《說文》：鳳，神鳥也，……。𩾌，古文鳳，象形。鳳飛群鳥從以萬數，故以爲朋黨字。

　　徐《箋》：《注》曰：此說假借也，朋本神鳥，以爲朋黨字，……朋黨一字何以借朋鳥也？鳳飛則群鳥從以萬數也，未製鳳字之前，假借固已久矣。○《箋》曰：古文「鳳」下云：「鳳飛，群鳥從以萬數，故以爲朋黨字。」說近迂曲，……經傳「朋」字甚多，與「鳳」了不相涉，亦絕無通用者。蓋「朋」字隸書作朋，與古文𩾌形近，世儒誤朋即𩾌之變體，遂牽合傅會而爲是說，實非其義也。今按：〈漢書・食貨志〉爲大貝十朋。蘇林曰：兩貝爲朋，此朋之本義。鐘鼎文貝作𧵐，或作𧵑，兩之爲𦉪，隸變作朋，引申爲凡相對之俪，故兩尊曰朋酒，相交曰朋友。

　　紹慈謹案：「鳳」字甲骨文作𩾏，象形。龍師宇純說：「古者貨貝五貝爲朋，或云兩貝爲朋。王國維曰：古朋與玉皆五枚爲系，二系爲朋。清儒以爲係朋黨字的引申用法。金文貝朋之朋作𓄔，朋友字作𧵘，是朋鳳本不同字，自漢以來，混𩾌與朋爲一。」，〔註4〕李孝定先生也說：「許君以古文鳳，與朋之隸體形近，而音又相同（紹慈案：音不同），遂以爲假鳳爲朋，然金文朋友皆作𧵘，乃假朋貝字爲之，蓋雙貝爲賏，依金文得作𦉪，故形變作『朋』，非以鳳爲朋也。」〔註5〕由此可知，段《注》「朋黨一字何以借朋鳥也？鳳飛則群鳥從以萬數」之說有誤，徐《箋》之說甚是。

三、正說部件之失

　　徐《箋》質疑段《注》於部分字的部件解說有誤，並以新觀念提出較佳的說法。其中包括段、徐皆認爲該字含有某個部件，但他反對段說此部件表何意或有

〔註4〕見龍師宇純著，《中國文字學》，第299頁至300頁。
〔註5〕同註3，第106頁至107頁。

何作用，亦即二人對同一部件的看法不同。而徐灝的批評是合理的。如：

疒字《說文》：「疒，倚也，人有疾病，象倚箸之形。」段《注》說爲「橫者直者相距，故曰象倚箸之形」。徐灝質疑段說，並說「疒疑只象臥寢，从爿建類，从一指事，爿即古床字。人有疾則臥時多，故凡疾病字皆用爲偏旁，久而遂專其義。」「疒」甲文作 𤕻、𤕻 ，李孝定先生說：「徐灝以段《注》爲非，其說雖是，而猶未達一間，疒字甲文作 𤕻 ，象人有疾病，僵臥爿第之形，古文橫直二劃相平行者，每多併而爲一，人身與床面合而爲一，遂爲小篆之疒，非从一指事也。……爿即床之古文。」〔註6〕。徐說「从爿……：爿即古床字」，較段說正確。

碧字，段《注》云：「碧色青白，金剋木之色也。故从白。」徐《箋》反對此說，以爲白但取聲。近人林尹亦說：「碧」字从玉石爲會意，表示似玉的石；取「白」爲聲符〔註7〕。類似情形的字例還有如「寶」字。「寶」金文多作𩜗，𠙹即「缶」。《說文》云：「寶，珍也。从宀玉貝，缶聲。」由此可知，「白」只純粹用爲聲符，與字義無關，徐《箋》的批評頗爲正確。

攴字，段《注》沿用《說文》：「从又卜聲」之說。徐《箋》「疑本象手有所執持之形。」甲骨文从攴爲偏旁者多作𢼳，如「教」作𤕻、「牧」作𤘈、「敗」作𤕻等。李孝定先生說：𢼳象以手持杖，非从卜聲〔註8〕。由此可見，徐《箋》之說解較符合造字本意。

省字《說文》：「省，視也。从眉省、从屮。𦋻古文从少从囧。」段《注》並未質疑《說文》「从眉省、从屮」的說法，徐《箋》則指出「篆文从眉从屮義不可通。」省字甲文作𤱿、𤱿，金文作𤱿、𤱿、𤱿等，龍師說：「从目，聞一多以爲丨象目光之注視，據是字金文作𤱿，以丨表日光之直照，其說可取；不然當以丨及屮，並象諦視時眉額間皺起之狀。」〔註9〕可見《說文》「从眉省、从屮」之說有誤。徐氏的懷疑是有眼力的。

又如等字、舌字亦復如是。茲將此二字例詳列於下：

等 等

〔註6〕見李孝定著，《讀說文記》，第 194 頁。
〔註7〕見林尹著，《文字學概說》，第 148 頁。
〔註8〕同註6，第 92 頁。
〔註9〕見龍師宇純著，《中國文字學》，第 308 頁至 309 頁。

《說文》：等，齊簡也。从竹从寺。寺官曹之等平也。（多肯切）

徐《箋》：《注》曰：从竹寺會意。官之所止，九寺於此等平法度。故从竹寺。○《箋》曰：寺當爲聲。

紹慈謹案：「等」在聲音上屬端母蒸部，「寺」爲祥吏切，屬邪母之部。依龍師之意：「等」是端系字，古具 s 或 z 的成分，爲 st 或 zt 的複聲母，與邪母（古音擬爲 z）相通。又古韻方面，之部（ə、ək）與蒸部（əŋ）爲「陰陽對轉」﹝註10﹞。由上述可知，「寺」和「等」有聲音上的關係。

舌　舌

《說文》：舌，在口所以言也，別味也。从干从口，干亦聲。

徐《箋》：《注》曰：干，犯也。言犯口而出之，食犯口而入之。○《箋》曰：段說从干之義殊穿鑿。愚謂：舌者口中之幹，故从干耳。

紹慈謹案：龍師說：「段氏釋从干口之意云：『言，犯口而出之；食，犯口而入之。』可謂巧妙入神，深得許君之心，無如舌字本不从干，而終爲曲說。今人由分析甲骨文飲字，知舌字當爲純象形，……則明爲人飲酒形，不得口中伸出蛇信，應不待辯。欲明瞭此字，疑當取『古』字合看，蓋『舌』字用象形之法造字，大抵即如『屮』或『凸』之形；而『古』字作屮或凸，無以區別，乃不得不強使舌字作屮或屮，『丫』與『屮』非歧舌，取其動態別嫌而已」（象鵲噪，亦取動舌形，可以比觀。）﹝註11﹞

徐灝所謂「舌者口中之幹，故从干耳」，似較段說爲合理。

四、正說本形本義之失

段《注》說部分字的本形本義，徐《箋》以新觀念指出其說有誤。如：

工字《說文》：「工，巧飾也。象人有規榘也。與巫同意。」段《注》解說此字本「如怪人施廣領大袖以仰涂，而領袖不污。惟孰於規矩者，乃能如是。」徐《箋》認爲應「象爲方之器」。甲骨文工字有丂、工二形，金文作工、工與工。

﹝註10﹞見龍師宇純著，《中上古漢語音韻論文集》，第402頁，及第424頁。
﹝註11﹞同註9，第208至209頁。

龍師說：「不以規矩不成方圓，工必有矩，故即以象形之矩爲工字。《說文》所謂『象人有規矩』者，其意在此，蓋古之遺說，許君以爲象人中規中矩之形，與巫同意，《說文》巫下云：『象人兩袖舞形，與工同意。』是則迂曲不堪。」〔註12〕。徐《箋》批評段《注》「引揚雄傳慢人之事爲說，轉覺不切；其云直中繩二平中準亦同泛設」，甚是。

　　丑字《說文》：「丑，紐也，十二月萬物動用事。象手之形。時加丑，亦舉手時也。」段《注》沿用許說，徐《箋》則認爲：本「象人手有所執持之形，假借以爲辰名耳。」丑字甲骨文作　、　、　、　，金文作　、　、　、　、　，小篆則訛變成「又字加一直畫」。郭沫若謂象爪之形，當即古爪字〔註13〕。龍師云：疑本借用叉字（小篆作　，《説文》：「手足甲也，从又，象叉形。」丑字的甲、金文，皆突出指爪之形。）爲別嫌而強改字形〔註14〕。丑字於卜辭中，用爲表地支之一。「丑」非指事字，乃是起初假借「叉」，後來爲了和「叉」表手足甲的本義作區別，改字形而成。其情形類似「毋」字，「毋」字金文只作「母」字　，無從橫畫者，爲純粹的音近借代，至小篆，爲求與「母」字有所區別，兩點相連爲橫，作「毋」　。徐《箋》對「丑」字的說解較段說接近丑字的本形、本義。

五、正說形體演變之失

　　段《注》有將某字說爲另一字隸變後的字形，亦即將兩字說爲同一字。徐《箋》指出其說有誤。如：

　　卤字《說文》：「草木實垂卤卤然。」段《注》說：「隸變爲中尊之卣。」徐《箋》不贊同，他說爲：「草木實之通名。」卤字甲文作　、　、　、　等形，金文作　、　，龍師說：　本象草木實垂狀（栗字甲文作　，可證）以取意，　或省作　。假借爲卣（卤與卣古音可通，如條從攸聲），後加　、　爲酒器之專字，以與卤別。金文卣省作　，因與「卤」同，小篆「卤」「卣」乃分別作　、　以別嫌〔註15〕。由此可知，徐《箋》之說較正確。

〔註12〕見龍師宇純著，《中國文字學》，第205頁。
〔註13〕見郭沫若著〈甲骨文字研究・釋干支〉。
〔註14〕龍師之說引自丁亮的碩士論文《說文解字部首及其與從屬字關係之研究》，第147頁。
〔註15〕同上註，第107頁。

　　暘字《說文》：「不生也。」段《注》云：今之「暢」即「暘」之隸變。徐《箋》則認為兩字本不同。從古籍資料來看：「暢」多解釋作：申（如《文選・宋玉・神女賦》：「不可盡暢。」注：「暢，申也。」）、舒（如《晉書・簡文帝記》：「神識恬暢。」）、通達（如孔安國《尚書序》：「約文申義，敷暢厥旨。」）、充（如《禮記・月令》：「命之曰暢月。」）、長（如《詩》：「文茵暢轂。」）等義。「暘」則不見於經傳，桂馥《說文義證》說「暘」本寫作「蕩」；朱駿聲說：「暘」假借為「長」、「蕩」。（《說文通訓定聲》）李孝定先生說：「大徐以為暢之本字，清儒治《說文》者復多疑之。……蕩訓草茂，而暘訓不生，說者以為相反相成，似均未安；徐灝《段注箋》以為當別有暢字，從申，易聲，申有條暢之義，與從田之暘無涉，其說較通達，暘之與暢，形近音同，而《說文》失收暢字，故異說滋多耳。」〔註16〕「暘，不生也。」不生疑讀丕生。暢即暘字易田為申，為暘之轉注字。

六、正說省形省聲之失

　　許、段說部分省形省聲字，徐《箋》質疑其說有誤。如：

　　皮字《說文》：「皮，剝取獸革者謂之皮。从又，為省聲。」段《注》贊同許說「為省聲」。徐《箋》認為此說「可疑」。皮字金文作𠬻、𠬜，象剝取獸革之形；「為」甲文作𤳖，字形上全然無關。又「為」與「皮」在聲類上相差甚遠，故許說「為省聲」有誤。

　　牢字《說文》：「牢，閑養牛馬圈也，从牛冬省，取其四周帀也。」段《注》沿用許說「从冬省」，徐《箋》則說：𠁥象圈形，非从「冬」省。龍師說：「此字甲骨文金文作𤘴，象依山谷為牛馬圈形（參《說文》阹字），本不从冬，其外與𤰚（泉字）相同，為山谷形。」〔註17〕冬字甲文作𠔼，可見牢字本非从冬省。徐說較正確。

七、正說字音之失

　　徐《箋》指出段《注》對部分字的字音說法不正確。如：

〔註16〕見李孝定著，《讀說文記》，第 296 頁。
〔註17〕見龍師宇純著〈說文讀記之一〉，《東海學報》，第三十三卷，1992 年。

鶂字《說文》：「鶂，鳥也。从鳥兒聲。鶂或从鬲。……鶂从赤（五歷切）。」段《注》說：「兒聲、鬲聲、益聲同在支部，赤聲在魚部，而用爲鶂字，合韻也。」徐《箋》質疑段說。「兒」字爲汝移切，古韻在佳部（或稱支部，龍師的擬音爲 e、ek）；「赤」字爲昌石切，古韻在魚部（龍師的擬音爲 a、ak）。兩字的元音不同，一者是「半高前元音」e，另一者是「低前元音」a。且赤爲穿母，與疑母音遠，赤不得爲鶂聲符。徐《箋》疑之，誠爲合理。

譀字《說文》：「譀，誕也。从言敢聲。俗譀从忘。（下闞切）」段《注》對「俗譀从忘」無評論，徐《箋》則疑有誤。「譀」字在聲類屬匣母（喉音），古音屬談部（龍師擬音爲 am）；「忘」字爲武方切，是微母（唇音），古韻在陽部（龍師擬音爲 aŋ）。兩者皆屬陽聲韻（-ŋ、-m），不構成「陰陽對轉」的條件。也不能爲旁轉。又「微」母的「忘」也不能與匣母的「譀」相諧。龍師說：「俗譀从忘，音義兩無可說。疑本从妄會意。」〔註18〕徐《箋》的質疑是對的。

又如下列的強字：

強 彊

《說文》：強，蚚也。从虫弘聲。（巨良切）

徐《箋》：《注》曰：宏聲在蒸部，而強聲在陽部者，合韻也。○《箋》曰：此以雙聲爲聲。非合韻。

紹慈謹案：「弘」字《說文》：「弘，弓聲也。从弓，厶聲。厶，古文厷字。（胡肱切）」又「宏」字《說文》：「从宀厷聲。（戶萌切）」「宖」字《說文》：「从宀弘聲。（戶萌切）」「弘」「宏」與「宖」三者聲類上同屬匣母，又段氏將這三字皆歸於（古韻）蒸部，故段《注》以「宏」代「弘」而說：「宏聲在蒸部」。而「強」的古韻屬於陽部。蒸部（əŋ）與陽部（aŋ）的元音不同，應非合韻。在聲類上，「強」字是群母。龍師說：見、溪、群、疑、影、曉、匣七母，發音部位或同或近，諧聲上大體自成一類，亦即牙音與喉音關係緊密。群母（見母 k 的送氣濁音 gɦ）與匣母（影母 ʔ 的濁流送氣音 ɣɦ）相通，如「解」字有佳買切（見母）、戶買切（匣母）二音〔註19〕。故徐《箋》所說：「強」與「宏」（弘）是「以雙聲爲

〔註18〕見龍師宇純著〈說文讀記之一〉，《東海學報》，第三十三卷，1992 年。
〔註19〕見龍師宇純著，《中上古漢語音韻論文集》，第 392 頁。

聲，非合韻」，其說或然。

八、正說亦聲之失

徐《箋》認爲有的字段《注》不須說爲亦聲字。如：

敗字《說文》：「敗，毀也。从攴貝。」段《注》說爲「从攴貝會意，貝亦聲。」徐《箋》云：已明言从攴貝，不須再言亦聲。「敗」字金文作𣀦、𣀩等形，與《說文》所錄籀文同。若言「貝亦聲」即成「敗」與「貝」有語言孳生的關係，亦即應「音近義切」，實際上，二者於字義並無關聯，看不出有說爲亦聲的條件。且言「从攴貝」也可表現「毀」之字義，僅說爲會意或單純的形聲較合理。

酒字《說文》：「就也。所以就人性之善惡。从水从酉，酉亦聲。」段《注》認同「酉亦聲」，徐灝則說：「酉」即酒字，兩者是「相承增偏旁」。由於徐《箋》於禮字下曾云：豊本古禮字，相承增示旁，與祏字「从石，石亦聲」不同。由此可知他認爲「酉」與「酒」也非亦聲的關係。龍師說：酉字本象酒罈。自酉爲酒字初文言之，酒是酉的累增寫法，不得謂「从酉，酉亦聲」；自酉借爲十二支字言之，酒是因文字假借形成的轉注字，酉字只有表音作用，亦不得謂「从酉，酉亦聲」〔註20〕，徐《箋》之說是對的。

九、正不明字源之失

段《注》對部分假借後加偏旁成新字者，未能有正確的認知，而作了其他錯誤的注解。徐《箋》指出此方面的缺失。如段、徐二人對邑部中一些字的看法不同：「鄭」字《說文》云：「今南陽穰縣，从邑襄聲。」段《注》云：「鄭者古字，穰者漢字。如𨛜、薊、酈許、郘息、邰蔆之例。許所見古籍作鄭。漢時縣名，字從禾也。」徐《箋》曰：「灝謂此等皆古字假借，後乃從邑別製一字耳。鄭、𨛜等字，古籍不少，未必許所獨見異也。」「鄆」字《說文》：「魯下邑，从邑軍聲。春秋傳曰：齊人來歸鄆。」段《注》云：「讙，三傳皆同。許作鄆，容許所據異也。」徐《箋》曰：「凡地名加邑者，多後出之字，非必所據異也。」「郭」字徐《箋》曰：「凡地名相承增改邑旁者，不可枚舉。」徐《箋》所說的是：其先假借同音字

〔註20〕見龍師宇純著，《中國文字學》，第324至325頁。

（謹、穰），「後乃從邑別製一字」的轉注字，新字藉由增改意符，專表某義，使假借義與本義有所區別。又如「像」字，段《注》云：「古書多假『象』爲『像』。」徐《箋》則說：「古無『像』字，假『象』爲之，後由『象』而增人旁」。段《注》只述及古時曾假借「象」來表示「像」，並未指出：「像」字是由「象」假借後孳生而成的新字，徐灝說明了這個過程。還有如「且」（與「俎」）字也是類似的情形。此外，段《注》對一些字的孳生關係有顛倒之解說，如他說古文作「銘」，今文爲「名」，徐《箋》指出此說有誤，茲將「且」、「名」二例詳列於下：

且 且

《說文》：且，薦也。从几足有二橫，一，其下地也。

徐《箋》：《注》曰：〈鄉飲酒禮〉注：同姓則以伯仲別之。又同，則以且字別之。……古言表德之字，謂之且字。蓋古者二十而冠，祇云某甫。五十而後，以伯仲某甫者，所以藉伯仲也。○《箋》曰：「且」古音讀與「俎」同，假借爲語詞，久而昧其本義，又加人爲俎。聲轉爲子余切。詩言：「椒聊且，遠條且，其樂只且」之類，是也。段說甚爲迂繆。

紹慈謹案：甲骨文「且」作 ⎡、⎡ ；「俎」作 ⎡、⎡，正象肉在且上之形，龍師說：「『且』實爲『俎』之初文；後因借爲『祖』及語詞，而有加肉的 ⎡，更移其肉形於且外，以趣方正，便成說文『俎』字。」〔註21〕徐《箋》所云：「且古音讀與俎同，假借爲語詞，久而昧其本義，又加人爲俎。」是正確的，「且」被假借爲語詞後，「俎」爲表其本義的轉注字。

名 名

《說文》：名，自命也。从口，从夕。夕者，冥也。冥不相見，故從口自名。

徐《箋》：《注》曰：〈祭統〉曰：夫鼎有銘，銘者，自名也。此許所本也。《周禮·小祝》故書作「銘」，今書或作「名」。〈士喪禮〉古文作「銘」，今文皆爲「名」。死者之銘，皆祇云名已足，不必加金旁。故許君於金部不收銘字，從《周官》今書禮今文也。○《箋》曰：名必以文，故文字因謂之名。《禮記》曰：百名以上書

〔註21〕見龍師宇純著，《中國文字學》，第251頁。

於策。《周官》：外史掌達書名于四方。鄭注：古曰名，今曰字是也。又因之爲人名之稱。既爲人名所專，故刻名於器物者加金旁作銘矣。

紹慈謹案：段以銘與名爲一，故引〈祭統〉說許君名下云自命之意，並說《說文》金部不收銘字之故。徐以銘由名字孳乳，並說其所以加金旁，與段氏對銘字的所由形成沒有深刻認識，顯然是比較高明。

第二節　以新資料正段《注》之誤

一、正說部件之失

徐《箋》重視鐘鼎文，不受限於篆文字形及許說，而著眼於金文字形的分析。段《注》則未能參考鐘鼎文資料，立說的依據較薄弱。故徐《箋》能指出段《注》在部件解說上的錯誤，或對段說提出質疑。如「衣」、「乍」二例：

衣　㐆

《說文》：衣，依也。上曰衣，下曰裳。象覆二人之形。

徐《箋》：《注》曰：自人部至此及下文老部尸部，字皆从人，衣篆非从人，則無由次此。故楚金〈疑義篇〉作㐆，云今人小篆作㐆，乃變體求工耳。此古文从二人，云覆二人，則貴賤皆覆也。○《箋》曰：古鐘鼎文多作㐆，與小篆同體，上爲曲領，左右象袂，中象交衽此象文形，明白無可疑者。許君蓋偶未審耳。段謂覆二人則貴賤皆覆，穿鑿無當。

紹慈謹案：衣字甲文作㐆金文作㐆、㐆，其形即如徐《箋》所說。

乍　㠯

《說文》：乍，止也。一曰亡也。从亡从一。

徐《箋》：《注》曰：有人逃亡而一止之，其言曰乍，皆咄咄逼人之語也。○《箋》曰：傳注未有訓乍爲止、亡之詞者，段說未知其審。………此篆石鼓文作㠯，鐘鼎尤多。其字形亦非从亡从一，當闕疑耳。「乍」古通「作」。

紹慈謹案：「乍」字甲文作㠯、㠯，金文作㠯、㠯等形，徐中舒說：㠯、㠯象作衣之初僅成領襟之形，甲骨文以作衣會意爲作。㠯、㠯爲乍字篆文所本，後更

增人旁爲「作」。卜辭中用以表「治作」之意〔註22〕。「作」字金文多爲「乍」，有「製作」、「爲」之意〔註23〕。徐《箋》雖未能解析「乍」的本形本義，但以石鼓文及鐘鼎文，指出「其字形非从亡从一」，實較段《注》進步。

二、正說本形本義之失

段《注》說部分字的本形本義有誤，徐《箋》以鐘鼎文資料正段《注》之失。如：

丁字《說文》：「丁，夏時萬物皆丁實。象形。」段《注》沿用許說。徐《箋》則以鐘鼎文作 ●，說爲「釘」。丁字甲骨文作 ━、▌、▢，金文作 ●、▌、▼、⊙、▢，皆象釘的俯視形，三體石經古文作 ͳ，變爲側視釘形。線條化後，成爲小篆的 ͳ 形。徐灝之說：「疑丁即今之釘字，象鐵戈形，鐘鼎古文作 ●，象其鋪首。ͳ 則下垂之形也，丁之垂尾作 ↑。自其顛渾而視之，則爲 ●。」是也。又如辛字：

辛 辛

《說文》：辛，秋時萬物成而孰，金剛味辛，辛痛即泣出。从一从辛，辛，辠也。

徐《箋》：《注》曰：《律書》曰：辛者言萬物之辛生，《釋名》曰：辛，新也。物初新者皆收成也。○《箋》曰：此說解殊可疑，萬物成孰，其味不必皆辛，辛痛泣出而从一辛，義尤迂曲。考薛氏鐘鼎款識載商辛鼎作 辛、辛未父癸尊作 辛，……象器物之形，借爲庚辛字。……「辛」與「辛」形聲相近，義亦相通，疑本一字。辠辜等字竝从辛而其義當爲辛，即其明證。

紹慈謹案：辛字甲文作 辛，金文作 辛、辛，象器物之形。李孝定先生說：「徐灝《說文段注箋》謂辛與辛，形聲相近，義亦相通，疑本一字，其說是也；近世治古文字者多从其言，郭沫若氏更進而謂辛、辛、愆初本一字，象刑具曲刀之形，引申而爲辠愆、爲辛酸……，其說蓋不可易。」〔註24〕

〔註22〕見徐中舒編，《甲骨文字典》，第887頁。
〔註23〕見陳初生編，《金文常用字典》，第775頁。
〔註24〕見李孝定著，《讀說文記》，第312頁。

第三節 採他人說正段《注》之失

一、正說部件之失

徐灝於有些字例，引用他人說（如戴侗），正段《注》說部件之失。如帚字《說文》：「帚，糞也。从又持巾埽冂內。」段氏云：此乃合「又、冂、巾」三字成「帚」。徐灝認為：戴侗說「手持帚形」，較段說為優。帚字甲骨文作 𠂤、𠂤，金文作 𠂤，是象帚形的通體象形字。古代以植物為帚〔註25〕。徐《箋》引用戴侗之說，較段說近「帚」字的本形。又如鼓字：

鼓 𣫶

《說文》：鼓，郭也。春分之音。萬物郭皮甲而出，故謂之鼓。从壴，支象其手擊之也。

徐《箋》：《注》曰：此篆當作 𣫶，今正。弓部「弢」下云从中，又中垂飾，與「鼓」同意，則鼓之从中瞭然矣。从中如崇牙樹羽。从又象手擊之也。○《箋》曰：段改篆非也。 壴 从中已象崇牙，若鼓又从中，則成贅文。……「弢」下云與「鼓」同意，或是與「 壴 」同意之誤。……鼓从壴，从又持半竹擊之，……戴氏謂壴 即鼓之本字，信矣。

紹慈謹案：鼓字甲文作 𣫶、𣫶，金文作 𣫶、𣫶。李孝定先生說：「从攴、从殳、从支不一，事類相近之字，偏旁每得通作。許謂支象其手擊之者是也。」〔註26〕戴侗《六書故》云：「（壴字）其中蓋象鼓，上象設業崇牙之形，下象建鼓之虞。」徐《箋》採用戴說，以此認為「 壴 （壴）从中已象崇牙，若鼓又从中，則成贅文」，因而指出「段改篆非也」。徐說是也。

二、正說本形本義之失

段《注》說部分字的本形本義並不正確，徐《箋》不用其說，以採他人之說來質疑段說有誤。如壴字《說文》：「陳樂立而上見也，从中豆。」段《注》云：「謂

〔註25〕唐蘭引〈爾雅·釋艸〉：「蔧，王彗」郭璞注：「王帚也。似藜，其樹可以為埽彗，江東呼之謂落帚」，以為「帚」本象植物之形。見李孝定著，《甲骨文字集釋》，第 2589 頁。

〔註26〕見李孝定著，《說文讀記》，第 132 頁。

凡樂器有虡者，豎之其顛上出可望見。如《詩》、《禮》所謂崇牙，……從豆者，豆有骹而直立，故侸豎從豆，壴亦從豆。中者，上見之狀，屮木初生則見其顛，故從中。」未見他明言「壴即鼓」，由此可知他認爲「壴」與放樂器之「虡」有關。（《說文》：「虡，鐘鼓之柎也。」）徐《箋》則引用戴侗之說：「壴，樂器類，屮木邊豆非所取象。其中蓋象鼓，上象設業崇牙之形，下象建鼓之虡。伯曰：『疑此即鼓字』。」「壴」甲文爲𡔛，正象立鼓之形。鼓必立之而後可擊，故分化爲壴字。戴說已近之矣。又如午字、徹字：

午　午

《說文》：午，啎也。五月，陰气午逆陽，冒地而出。

徐《箋》：《注》曰：《律書》曰：午者陰陽交。〈天文訓〉曰：午，仵也。陰氣從下上與陽相仵逆也。○《箋》曰：戴氏侗曰：父乙鼎文作𡔛，庚午鬲文作𡔛。斷木爲午，所以舂也，亦作杵，借爲子午之午。所以知其爲午臼之杵者，舂從午從臼，此明證也。

紹慈謹案：徐《箋》採用戴侗之說、鐘鼎文字形，並有舂字「從午從臼」爲證。其較許、段之說爲長。

徹　徹

《說文》：徹，通也。從彳從攴，從育。𢖻古文徹。

徐《箋》：《注》曰：從彳從攴從育，蓋合三字會意。攴之而養育之，而行之，則無不通矣。○《箋》曰：據古文從「鬲」，則小篆從「育」疑有訛誤，戴氏侗曰：從攴從鬲，屏去釜鬲徹饌之義也。徹從彳，本言道路之通徹，故凡通徹者皆曰徹。

紹慈謹案：「徹」甲文作𣪙，從「鬲」，非從「育」。此字本義表吃完飯，徹走食具之義，而非「通」之義。其後引申有「通徹」義，乃加「彳」強調。

徐《箋》據古文得知小篆從「育」爲「鬲」之訛，又採戴侗「屏去釜鬲徹饌」之說，較段《注》高明。

三、正不明字源之失

段《注》對有些字的說解，忽略了該字與其他相關字之間具有字源關係，因此有不正確的看法。徐《箋》採用他人之說，指出段《注》不明字源之失。如禘字段《注》認爲是「从示帝聲」，徐《箋》則採戴侗之說：「三代而上所禘皆帝也。从示帝聲，亦會意。」李孝定先生說：「今徵之卜辭，則禘爲專祭，卜辭但作『帝』。」〔註27〕徐中舒也說：卜辭「禘」不從「示」，「帝」爲「禘」之初文，「帝」在卜辭中有「上帝」、「殷先王稱號」、「祭祀名」等多項字義及用法〔註28〕。後來爲作祭祀專名，加示旁作「禘」表此義。「禘」實爲經過兩階段形成的，並非一開始即結合一聲符和一意符而成的形聲字。又如臭字：

臭　臭

《說文》：臭，禽走臭而知其迹者，犬也。从犬从自。（尺救切）

徐《箋》：《注》曰：走臭猶言逐气。犬能行路，蹤迹前犬之所至，於其气知之。引申假借爲凡气息芳臭之侢。○《箋》曰：此似當以禽走斷句，段說未安。戴氏侗曰：犬能迹獸之气臭。察臭者莫如犬，故从犬从自。翕鼻曰臭，許救切。別作嗅、齅。灝按此當以嗅气爲本義，因之爲芳臭，其後別作「齅」，爲齅气。……相承增偏旁耳。

紹慈謹案：徐《箋》引用戴侗之說：「臭」即「嗅」之本字。徐氏並說：後來語義範圍擴大，「臭」專用以表引申義的「芳臭」，乃「相承增偏旁」，則作「嗅」、「齅」表其本義。徐《箋》之說指出了「臭」與「嗅」、「齅」的字源關係，也說明「臭」之本義，較段說爲佳。

第四節　以新觀念補段《注》之不足

一、全體象形說

段《注》分象形爲「獨體象形」與「合體象形」，他說：「獨體如日、月、水、火是也。合體者，从某而又象其形，如眉从目而以 `⌒` 象其形，……獨體之象形，則成字可讀；軵於从某者，不成字不可讀。」「獨體象形」是相對於「合體象形」

〔註27〕見李孝定著，《說文讀記》，第6頁。
〔註28〕見徐中舒編，《甲骨文字典》，第7頁及23頁。

的觀念，意指「不藉任何成文爲助的象形」。段氏卻未能進一步提出「全體象形」或「通體象形」之類的說法，因而對一些象形字，無法予以清楚正確的解說，如《說文》「木」字：「從屮，下象其根」，段《注》云：「謂𣎵也，屮象上出，𣎵象下垂。」又如「禾」字，段《注》云：「下从木，上筆垂者象其穗也。是爲从木而象其穗。」這些說法皆大有問題。

徐灝主張「全體象形」的觀念，如「日」字《箋》曰：「古文作⊖，……此字全體象形。」由於象形字表示的是具體之物，又是以描繪其外貌爲表現的手法，因此通體象形者甚多，如甲骨文山字作峕，鹿作鹿、黍作黍等。徐氏知此乃象形字中普遍常見的現象。故對「木」、「禾」等字的說法較段氏明確，「木」字《箋》曰：「古文蓋作木，象形。戴氏侗曰：上出者，中爲幹，旁爲枝；下達者，中爲柢，旁爲根也。」「禾」字《箋》曰：「禾古蓋作禾，象禾穗連桿及根之形，其立文與木相似。」其意謂：「禾」非从木；「木」並非由屮與𣎵組合而成。誠如徐灝所說，「禾」、「木」等本皆「通體象形」。除「日」之外，徐灝於豆字也說爲「全體象形」：

豆　豆

《說文》：古食肉器也。从口。象形。𧯄古文豆。

徐《箋》：《注》曰：从口，象器之容。上一象幎也。下一象丌。○《箋》曰：此字全體象形。小篆從古文變耳。云从口者，就小篆之體析言之。

紹慈謹案：豆字甲骨文作豆、豆、豆、豆，金文作豆、豆、豆、豆等形，本象容器之形，屬通體象形，亦即徐《箋》所謂的「全體象形」。

二、詰詘字形成會意說

段氏認爲會意字皆爲合體字：「一體不足以見其意，故必合二體之意以成字。」但此說不足以呈現會意字的全部面貌。會意之法源出於象形，早期的會意字是以圖形、畫面表意，其中包括利用現有文字加以增損改易者，如於大下加一橫表站「立」；用曲其脛成尣（尢）表脛曲、行不正之意。（詳見第一章第三節）這類字皆非合體字，但都具「表事達意，心會乃悉」的會意效果。

　　徐灝便認爲會意字不限於合體字，而另外提出：「凡取一字分析之，或詰詘之皆會意也」的新觀念。（見《箋》的「片」字）又如「夨」字《箋》曰：「從大而曲其首，……會意，非象形也。」《說文》「朶」字：「木之曲頭，止不能上也。」徐《箋》說：「繫傳曰：木方長，上礙於物而曲也。灝按：从木上曲，會意。」他於《說文》注解中增加此項新觀念，較能客觀地反映出會意字的造字情形。

三、說部件

　　段《注》於部分字的部件，只是循許說，未多作其他說明。徐《箋》則增補一些說法。如靣字《說文》：「穀所振入也。……从入，从回，象屋形，中有戶牖。」段亦說「象屋形中有戶牖」。徐《箋》根據高誘注《呂覽》的「方曰倉，圓者爲靣」，說：「許云〈回象屋，似無以別於方倉；从回蓋象圍繞之形，今俗所謂穀圍即其義。〉又如骨字《說文》：「骨，肉之覈也，从冎有肉。」段《注》只云：「去肉爲冎，在肉中爲骨者。」「骨」字甲文作冎、𠯑、乁等形。李孝定先生說：「契文此字實象卜用牛肩胛骨之形，其與原物最肖者作骨，……骨之爲物，隨所在部位而各異其形，製爲象形字，殊難盡肖，古文既習用牛胛骨於卜事，故製骨字即於此取象。……『冎』即『骨』之初字。」〔註29〕徐《箋》增加「上爲骨節，下其支也」的部件解說資料，徐說類似李孝定先生說的：「字上从⼝，象骨臼，冎象骨臼下」〔註30〕。

四、字形別嫌說

　　龍師說：文字的筆畫有些只爲區別字形，沒有其他意義可言的。此種現象即爲「別嫌」。別嫌的產生是因應實際的需要，爲區別同形異字或形近的字而改造字形，以免導致混淆。如甲文中「言」「音」二字同形，後來於音內加一橫爲音字，和言字歧分開來。又如「壬」字甲文作工，而「工」字甲文有工、㠯二形，前者與壬字無別，後壬字金文作王，小篆作壬，與工字之形不同〔註31〕。徐灝曾提及類似的說法，如「面」字《箋》曰：「面曰人前，從頁建類，⼐象人面，其右缺，

〔註29〕見李孝定著，《讀說文記》，第 88 頁。
〔註30〕同註 29。
〔註31〕見龍師宇純著，《中國文字學》，第 204 至 205 頁。

蓋以別於囗字，如王之中畫近上，以別於玉也。」「六」字《箋》曰：「鐘鼎文六多作介，今作央者，小篆之變體，以別於籀文大也。」又在「王」、「釆」等字也提出此觀念。其說詳見下列「王」、「釆」二例：

王　王

《說文》：天下所歸往也。董仲舒曰：古之造文者，三畫而連其中謂之王，三者，天、地、人也，而參通之者，王也。孔子曰：一貫三為王。　古文王。

徐《箋》：《注》曰：王、往疊韻。王者，往也，天下所歸往。見《白虎通》。董說見《春秋繁露》。○《箋》曰：「王」與「玉」篆體相似，故以中畫近上別之，古文　下曲，亦所以識別也。

紹慈謹案：王字甲文作　、　、　，金文作　、　、　等，許慎說：「三畫而連其中謂之王。」和甲文不符。玉字甲文作　、　、　，象多玉成串之形，金文作　。「王」和「玉」的金文字形很相近，因此古文王字採　之形，和王（玉字）作區別。小篆王字以「中畫近上」別之，楷體以玉字加點作區別。

釆　釆

《說文》：辨別也。象獸指爪分別也。　古文釆。

徐《箋》：《注》曰：倉頡見鳥獸蹏远之跡，知文理之可相別異也，遂造書契。釆字取獸指爪分別之形。○《箋》曰：　象獸指爪，中四點　其體，　其分理也。直書微屈以別米粟字耳。引申為辨別之義。

紹慈謹案：「釆」字金文作　、　。王筠於《說文釋例》說：「釆字當以獸爪為正義，辨別為引申義。以其象形知之。」又「米」字甲文作　、　，本與釆字金文字形有區別，然而「米」字小篆作　，就與釆字原來之字形十分相近，故「釆」字如徐《箋》所云「直書微屈以別米粟字」。

五、字形化同說

「化同」意謂：原本異字、異形，因近似而變為相同的情形。可分為兩類：一是指甲乙形近，甲變為乙的同化現象，包括由罕見之形變為習見之形，如甲骨

文魚字作🐟、燕字作🐦、篆文則分別作 🐟、🐦，皆從「火」，即同化爲火字。一是指相近諸體變爲另一體的類化現象：原本不同形的諸字，在字形演變上相互影響而採取類似的方式變化字形，如🐟、🐛、🐚、🐝諸字，小篆並從🐟〔註32〕。此種情形極爲普遍，常導致形體的訛變。徐《箋》在「栗」、「龜」二例中提及化同之觀念，其說詳見如下：

栗 🌰

《說文》：栗，木也，从木，其實下垂，故从卤，（隸作「栗」）🌰古文栗，从西从二卤，徐巡說木至西方戰栗也。

徐《箋》：《注》曰：論語周人以栗曰使民戰栗，字從西者，取西方摯斂戰栗之意，而徐巡說之如此也。○《箋》曰：「西」之籀文作卤，與卤相似，又因栗爲西方所宜木，遂認從西。徐巡說即由此誤會耳。

紹慈謹案：栗字甲文作🌰、🌰，象木實有芒，李孝定先生說：「作6者其形變，許謂實下垂故从卤，說誤，……戰栗之栗乃假借，古文从西乃卤之訛，徐（巡）說非是。」〔註33〕徐《箋》認爲：「西」之籀文與卤相似，徐巡之說即由此誤會，此也說明了何以隸作「栗」，乃訛變之化同現象。

龜 🐢

《說文》：龜，舊也。外骨內肉者也。从它，龜頭，與它頭同。🐢古文龜。

徐《箋》：《注》曰：劉向曰：龜千歲而靈，著百年而神，以其長久，故能辨吉凶，龜之大者曰鼇。○《箋》曰：古文🐢象正視形，🐢象側視形，篆爲橫體。龜與黽皆从🐢，立文偶相似，非取它爲義也。

紹慈謹案：龜字甲文作🐢、🐢、🐢、🐢等形，徐《箋》所列舉的🐢正與甲文的相合。又它字金文作🐍、🐍，李孝定先生說：它字象蛇首卓立之形〔註34〕，徐中舒也說：它字象蛇之頭、身、尾形〔註35〕。不論從字形或字義來看，龜本不

〔註32〕見龍師宇純著，《中國文字學》，第290頁。
〔註33〕見李孝定著，《讀說文記》，第184頁。
〔註34〕同上註，第291頁。
〔註35〕見徐中舒編，《甲骨文字典》，第1434頁。

从它。又「黽」字《說文》云：「蛙黽也。」甲文作𪓋、𪓏，象蛙黽之形，也是本不从「它」。

　　徐《箋》所謂「小篆龜與黽皆从它立文，偶相似」意指有化同現象。又說「非取它爲義也」，甚是。

六、字形方正化說

　　與甲、金文相較，可看出小篆的字體特徵之一爲「講究構形方整」，如力字甲文作𠃌、𠃌，金文作𠃌，小篆則作𠠛；逆字甲文作𬤊，金文作𬤊，以倒人形和止相對的偏旁位置顯示「迎」之意，卻也呈現上寬下窄之字形。至小篆不再以形顯義，而以字形之方整爲優先，故變作𬤊。徐灝在「𠂤」、「電」等字中提出方正化的觀念，以解說該字的字形演變歷程。他明示小篆有「變而方之」的字體風格，不但說明字形在不同字體之風格特徵影響下，會產生一些改變，也指出由金文至小篆，形體有方正化的趨勢。其說詳見下列「𠂤」、「電」二例：

　　　𠂤　𠂤

　　《說文》：小𠂤也，象形。

　　徐《箋》：《注》曰：追即𠂤之假借字，李善注〈七發〉曰：追古堆字。○《箋》曰：戴氏侗曰：例𠂤爲𠂤，𠂤，小阜也。……𠂤本𠂤之側體，小篆變而方之，其上爲曲筆，皆取字形茂美耳。

　　紹慈謹案：「𠂤」字甲文作𠂤、𠂤，金文作𠂤，其本形本義爲何，有多種說法。從此字在卜辭、鐘鼎銘文的用法來看，它通常表示：（一）、集結兵員駐紮戍衛，遂以爲軍事編制單位之稱〔註36〕。（二）、軍隊（師）之稱名。〔註37〕。（三）、師旅常駐之地稱𠂤。〔註38〕。故有學者認爲：𠂤即古文師字。〔註39〕。《說文》「師」下云：「从帀，从𠂤，𠂤四帀，眾意也。」龍師說「𠂤」之意爲「眾」，如「歸」

〔註36〕同註35，第 1499 頁。

〔註37〕見陳初生編，《金文常用字典》，第 1134 頁。

〔註38〕同註37。

〔註39〕參徐中舒的《甲骨文字典》，第 1499 頁，及陳初生編，《金文常用字典》，第 1134 頁。

合帚（婦）止自三者成字，古時女子出嫁，嫁時隨從人多，故其字从自。〔註40〕。李孝定先生說：訓眾則師義之引申也〔註41〕。徐《箋》說「自」之本形本義雖不見得正確，但他說由𠂤變爲方正之小篆自，是對的。

電　電

　　《說文》：陰陽激燿也。从雨从申。

　　徐《箋》：《注》曰：孔沖遠引《河圖》云：陰陽相薄爲雷，陰激陽爲電。○《箋》曰：虫部虹籀文作𧋘，云从申。申，電也。蓋ʓ象電光激射之形，變體作𦥔，小篆又變爲申。

　　紹慈謹案：徐《箋》於「申」下云：「申，電也。鐘鼎文多作ʓ，籀文𦥔即從此變，小篆整齊之，作申耳。」「申」字甲文作ʓ、ȥ，金文作ʓ、ȥ，皆象電光激射之形。故「電」的初文是「申」，申字後來因借去表地支名，本義乃加「雨」成「電」，與表地支的假借義作區別。徐《箋》之說甚是。又他指出籀文𦥔即從金文變來的，後來小篆整齊之，作申。此說亦是獨特之見解。

七、說本義

　　段《注》於部分字，因受《說文》影響，所說非該字的本義。徐《箋》則另提自己的看法來說明本義。如：

　　各字《說文》：「各，異辭也。从口夊。」（夊部曰：從後至也。）徐《箋》根據「夊」有至義，而說各字的本義爲至。「各」的古文字作𠙴或𠙵（凵與口並表營窟），與作凷或𠙺的出字相對，「出」爲往外，「各」是由外至〔註42〕。「各」於卜辭、鐘鼎文中，作「到、來」解〔註43〕。徐《箋》云「因假爲異辭，久而昧其本義。」其說頗爲正確。又如叀字：

叀　叀

〔註40〕見龍師宇純著，《中國文字學》，第 109 頁。
〔註41〕見李孝定著，《讀說文記》，第 304 頁。
〔註42〕同上註，第 279 頁。
〔註43〕參徐中舒編，《甲骨文字典》，第 88 頁，及陳初生編，《金文常用字典》，第 124 頁。

《說文》：叀，專小謹也。从幺省。屮，財見也。屮亦聲。

徐《箋》：《注》曰：各本小上有專字，此複舉字未刪，又誤加寸也。上从屮，下从幺省。屮象顓頊謹貌。○《箋》曰：叀即古專字。寸部「專」一曰：紡專。紡專所以收絲。象紡車之形，專从寸與又同，蓋取手持之意。叀訓「小謹」，與「專」同義，其形亦相承，本爲一字無疑。餘詳寸部「專」下。

（專字《說文》：「六寸簿也。从寸叀聲。一曰專紡專。」徐《箋》曰：「此疑當以紡專爲本義。引申爲圓轉之偁，又爲專壹、專謹之義。叀與專相承加又，取手持之義，寸與又同也。即專之古文象形。」）

紹慈謹案：專字甲文作、，从（叀）从（又），或作，正象紡錘之形，从又示以手運轉紡專之意〔註44〕。徐說是其字本義，且指出叀與專字的關係，可補許、段說之不足。

八、借字加形旁成新字說

段《注》對某些字只點出其前後字形的不同，未明述後來加形旁的原因。徐灝則進一步作了說明：如「雲」本作「云」，表雲氣；「箕」字本以「其」象畚箕之形。「云」、「其」在借爲語詞後，久假不歸，專表假借義。於是另外加「雨」、「竹」等形旁表本義。又如來字《說文》：「來，周所受瑞麥來麰。⋯⋯天所來也，故爲行來之來。」來字甲文作、，象小麥之形，金文作、等。後假借爲行來，本義以「麥」表之。徐灝所云「後爲借義所屬，別作麳秬，而來之本義廢矣」甚是。徐《箋》此說屬於字源中的部分情形。類似的例子還有如「背」字。（詳見下文）

此外，「璠」字徐《箋》曰：「有兩字皆無偏旁而各從其類以增之者。如脊令之爲鶺鴒⋯⋯次且爲趑趄，有許君所已收者，亦有後來附益者，孳乳浸多不可枚舉矣。」「次且」表「卻行不前」之意，〈易經・夬卦〉：「其行次且」。《釋文》：「次本作趑」，後作「趑趄」，「次且」與「脊令」皆是初借同音字表示，後來加意符偏旁強調假借義，而形成專字，也就是轉注字。正如徐灝所說，屬文字孳乳浸多的

〔註44〕參李孝定著，《讀說文記》，第 91 頁、第 109 頁；徐中舒編，《甲骨文字典》，第 329 頁。

現象。又如鐺字《說文》：「鐺，鋃鐺也。从金當聲。」段《注》云：「漢西域傳：陰末赴琅當德，謂以長鎖鎖趙德也。」徐《箋》則加了解說：「鋃鐺，鐵鎖聲。古但作琅當，後相承增金旁。」琅字和當字的本義為何？《說文》：「琅，琅玕，似珠者。（玉石類）」「當，田相值也。」段《注》於「當」下云：「值者，持也。田與田相持也。引申之，凡相持相抵者曰當。」古乃假借「琅當」表鐵鎖聲，後「相承增金旁」成「鋃鐺」。徐《箋》之說點出鋃鐺二字所以為鎖，係由鎖聲而為名。

　　茲將「雲」、「箕」與「背」等例，詳述於下：

雲 雺

　　《說文》：雲，山川气也。从雨，云象雲回轉形。云古文雲。ᖾ亦古文雲。

　　徐《箋》：《注》曰：古文只作「云」，小篆加「雨」。○《箋》曰：古文云ᖾ並象雲氣回轉之形。「云」借為語詞，故小篆增「雨」。

　　紹慈謹案：「雲」字甲文作 ᖾ 、ᖾ，與《說文》古文近，本無从「雨」。徐說「云借為語詞，故小篆增雨」，甚是。

箕 箕

　　《說文》：箕，簸也。从竹，ᗰ象形，下其丌也。ᗰ古文箕省。ᗰ亦古文箕。ᗰ亦古文箕。ᗰ籀文箕。ᗰ亦籀文箕。

　　徐《箋》：《注》曰：《小雅》曰：維南有箕，不可以簸揚。《廣韻》引世本曰：「箕」少康作籀文「其」。經籍通用為語詞。○《箋》曰：古文ᗰ、ᗰ皆象形，ᗰ从ᗷ持之。其从丌聲。因為語詞所專，故加竹為箕。

　　紹慈謹案：「箕」字甲文作 ᗰ 、ᗰ，象箕形。後加丌聲。

背 背

　　《說文》：背，脊也。从肉北聲。

　　徐《箋》：《注》曰：牟部曰：脊，背呂也。然則脊者，背之一端，背不止於脊，如股不止於髀也。○《箋》曰：北从二人相背會意，即古背字。假借為南北字，復增「肉」作「背」。因二字分用已久，各專其義，今「背」在肉部，故曰北聲耳。

紹慈謹案：「北」字甲骨文作 㑊、㳀、㳀 等形，金文作 㣁、㣁，皆象二人相背之形，爲「背」之初文。即徐灝所云：「『北』从二人相背會意。」李孝定先生說：「北爲背之本字，从二人相背會意，及後始有形聲之背字；至於方位之北則爲假借。」〔註45〕〈漢書・高帝記〉：「項羽追北。」韋昭注：「北，古背字，背去而走也。」可爲證。

九、語義引申加偏旁成新字說

部分字因語義引申而加偏旁成新字，段《注》對此未加以說明，徐《箋》則有較清楚的闡述。如「儐」字徐《箋》曰：「古時字少，祇用本字，聲隨義轉，迨孳乳寖多，由引申而別製本字，或相承增偏旁（成新字）。」此實爲獨特、正確的見解。「稟」字徐《箋》曰：「亩 稟古今字，稟廩亦古今字，因祿稟之義行，遂別其義耳，引申之，凡受之自上曰稟。……古蓋讀與稟同，今音轉爲筆錦切。今世凡屬吏啓事於上官謂之稟，即稟命義。……此言語之轉移也。」由此可知：徐灝有著眼於音義關係而論文字孳生的觀念。亦即他知以語義引申作爲確認語言孳生關係的依據。故他由稟字的引申義，及 亩、稟、廩三字的密切關係，進而提出「此言語之轉移」的主張。所以，在論述一些字彼此間緣於語言孳生的關係上，徐《箋》較段《注》有明確的說法。如「蓐」字徐《箋》提出；「蓐」、「耨」等字有著「義相因、聲相轉」的關係。又如「冒」字徐《箋》認爲：「冒」本即表「帽」，引申爲冢冒之義，後爲引申義所專，才从「巾」作「帽」。此外，如「鼻」字徐《箋》說：「『鼻』本作『自』，人稱己或指其鼻，故有『自己』之稱，後因語詞所專，復从畀聲。今『自』與『鼻』不同音者，聲變之異也」。由上述可知：「帽」與「鼻」皆是因語義引申，加偏旁成新字表其本義者。茲將「儐」、「稟」、「蓐」及「冒」等例詳列於下：

儐 儐

《說文》：儐，導也。从人，賓聲。儐 儐或从手。
徐《箋》：《注》曰：導者，導引也。《聘禮》：卿爲上擯，大夫爲承擯，士爲

〔註45〕見李孝定著，《讀說文記》，第 210 頁。

紹擯。鄭注：擯謂主國之君所使出接賓者也。又曰：賓用束錦儐勞者，此取賓禮相待之義，非擯相之義也。擯相字當從手，儐禮字當從人，許合而一。與《禮經》及鄭說異。又《莊子·徐無鬼》注曰：擯，棄也。此義之窮則變也。○《箋》曰：《聘禮》：君使卿用束帛勞賓，賓用束錦儐勞者。蓋使者之於鄰國，賓也；勞賓者之於使者，亦賓也。故受幣而以束錦勞之酬酢之義也。因其迭相為賓，故加人旁以別之。其擯相字自當作擯。然此皆後來分別耳，其始只一賓字，展轉引申，故《周禮·司儀》：賓亦如之。賓使者如初之儀謂儐也。《史記·藺相如傳》：設九賓於廷謂擯也，而其字皆作賓。蓋古時字少，祇用本字，聲隨義轉，迨孳乳寖多，由引申而別製本字，或相承增偏旁。於是各有本義本音，斯不得混而同之矣。

紹慈謹案：徐灝云：儐、擯等字「皆後來分別，其始只一賓字展轉引申。」「賓」字甲文作 𠙴、𠁩，從兀、元，皆表示人，宀象屋，示屋中有客人，故或添止，或加貝（表贈禮），為賓客之本字。「所敬也」為其引申義。金文中「賓」也用為表下級對上級的贈送，於文獻中或作「儐」，徐《箋》列舉的《周禮》、《史記》中關於「儐」、「擯」之說，皆為「賓」的引申義，後為顯明引申義和本義之不同，加意符偏旁，故「儐」為「賓」的轉注字。

稟 廩

《說文》：稟，賜穀也。从亩从禾。

徐《箋》：《注》曰：賜穀曰稟。《中庸》：既稟稱事。《周禮》云：稍食，祿稟也。○《箋》曰：祿稟受之於君，故曰賜穀。祿自廩出，故曰祿稟。亩稟古今字，稟廩亦古今字，因祿稟之義行，遂別其義耳。引申之，凡受之自上曰稟。《左傳》：先王所以稟於天地。晉語：將稟命焉。杜預、韋昭並云：稟，受也。古蓋讀與稟同，今音轉為筆錦切。今世凡屬吏啟事於上官謂之稟，即稟命義。而名其牋曰稟。此言語之轉移也。

紹慈謹案：「亩」字《說文》：「穀所振入，宗廟粢盛，倉黃亩而取之，故謂之亩，从入，回象屋形，中有戶牖。廩，亩或从广从禾。」「亩」為象形字，有倉廩之義。後為顯明字義，加「禾」成「稟」，「賜穀」、「祿稟」為引申義，擴大語義為「凡受之自上謂稟」，後來都用於表稟命義，乃加「广」表本義。

蓐 蕣

《說文》：蓐，陳艸復生也。从艸辱聲。一曰蘱也。蕣，籀文蓐，从茻。

徐《箋》：《注》曰：蓐訓陳艸復生，引申爲薦席之蓐，故蠶蘱亦呼蓐。○《箋》曰：陳艸復生曰蓐，因之除艸之器謂之槈，義相因，聲相轉也。古袛作蓐。

紹慈謹案：「槈」字《說文》作「槈」，云：「槈，薅（拔田艸）器也。」即指除艸之器。龍師說：「蓐與槈音近，陳艸復生與拔田艸義亦相成，當爲一字。（案：義相成者，如茇字義爲艸根，拔字衍茇語而義爲連根拔艸，可爲比照）。辱與蓐音同，疑即蓐之初文。辱蓐槈三字其始蓋只書作辱，从寸从辰，以摩蜃而槈爲其製字背景。後因借爲恥辱義，別加木作槈，或加耒作槈；又因義爲拔草，或又加艸（成蓐）以顯義，亦以別於恥辱之義。」〔註46〕故可知徐《箋》所云「義相因，聲相轉」是對的。

冒 冐

《說文》：冒，冡而前也，从冃从目。

徐《箋》：《注》曰：蒙者，覆也，引申之，有所干犯而不顧亦曰冒，如假冒，如冒白刃，如貪冒是也，从冃目會意，若無所見也。○《箋》曰：冃即古「帽」字，冃之形略，故从「目」作「冒」，引申爲冡冒之義，後爲引申義所專，又从「巾」作「帽」，皆相承增偏旁。

紹慈謹案：李孝定先生說：「冃，甲文作𠔼、𠔃、𠔁皆象小兒頭衣，上其飾也。此當爲頭衣之本字，後增目作冒，古文多以目代頭也，自冒用爲冒犯字，又增巾作帽」〔註47〕。《漢書》中有見以「冒」表「帽」者，如〈雋不疑傳〉之「著黃冒」。又〈史記·絳侯世家〉中「太后以冒絮提文帝」，《集解》：「晉灼曰：巴蜀異物志謂頭上巾爲冒絮。」由上述二例可見「冒」本與「頭衣」之義有關，即與「帽」字義上關係密切。

〔註46〕見龍師宇純著，《中國文字學》，第14頁。
〔註47〕見李孝定著，《讀說文記》，第195頁。

十、分別字形以歧分

歧分是一種分化現象，「分化」是指：由一字變化成新字，或賦予一字以新的生命，使成另一個字〔註48〕。其中有一種情形是：起初利用聯想，以和其義有關的象形字表示，而字形不變，如甲文「月」、「夕」同形，或以「帚」爲「婦」，即「同形異字」。因爲容易造成字義辨認上的困擾，後來演化成不同的字形，稱爲歧分。歧分的主要方式主要有下列二種：

（一）改變筆畫或加筆畫：

如音字於甲、金文時作 （言），和言字爲「同形異字」，春秋後加一畫作 和 （言）區別。又如「卿」、「鄉」、「饗」於甲文中原本皆作 ，本義爲「饗」，後來也用以指公卿〔註49〕。 小篆作 （鄉），「卿」則因歧分而改作 。

（二）加意符：

如「帚」加女旁成「婦」。又如社字，甲文中，「土」或讀爲「社」，表土地之神〔註50〕。後加「示」作「社」。

段《注》於有的字例下只述及二字本同字，未深入解說歧分的情形。徐《箋》則有關於歧分的觀點、說法。如位字《說文》：「位，列中庭之左右謂之位，從人立。」段《注》云：「古者立、位同字。」徐《箋》則於「立」下曰：「人所立處謂之位，故立位同字。」位字於金文未見。頌鼎云「王各大室，即立」，毛公鼎云「余一人在立」，凡當書爲位字者皆作立字。又如古書中〈周禮・小宗伯〉「掌建國之神位」，故書「位」作「立」，《鄭注》云：「古者立位同字」，此是詩經時代立、位二字字形相同，使用無別之證。龍師說：當時，立字兼具陰入二讀，意義相關而並不相等，其情形當與月夕、帚婦等同形異字例相同，由同一符號代表意義相關的兩個語言，後來陰聲的一讀加上人旁而形成累增的位字〔註51〕。亦即同形異字產生歧分，其中讀「位」的「立」加上人旁而形成「位」字。位字是由立字分化出來的新字。又如晶字：

晶　　晶

〔註48〕「分化」一詞及其說明見龍師宇純著，《中國文字學》，第 267 頁。
〔註49〕見徐中舒編，《甲骨文字典》，第 1014 頁。
〔註50〕同上註，第 1454 頁。
〔註51〕見龍師宇純著，《中上古漢語音韻論文集》，第 339 頁。

《說文》：精光也。从三日。（子盈切）

徐《箋》：《注》曰：凡言物之盛，皆三其文，日可三者，所謂絫日也。○《箋》曰：晶即星之象形文，故曑曟字从之，古文作 品、 晶 二形，因其形略，故又从生聲。小篆變體有似於三日而非从日也。古書傳於晶字別無他義，精光之訓即星之引申，因聲轉爲子盈切，遂歧而二之耳。

紹慈謹案：晶字甲文作 品 ，象星形，和加「生」聲的 𣊡 （星）同義，後來「晶」表「晶亮」的引申義，和「星」區分。徐說甚是。

十一、聲訓所由說

「天」字《說文》：「天，顚也，至高無上，從一大。」段《注》云：「天顚以同部叠韻爲訓。」徐《箋》也贊同「天，顚也」是聲訓，然而他更進一步提出：「天者，人所共知，勿煩解說。故原其因聲立名之始，而以同聲之字釋之。」其中，「原其因聲立名之始」是指闡發其語言形成之所由；「以同聲之字釋之」意謂二者語音原則上應相同。他正確地說出聲訓形成的原因，及應具備的條件。徐灝此說比段《注》的更深入、周全。

十二、累增與亦聲不同說

徐灝提出分別累增字與亦聲的觀念，段《注》對此則無明顯之立說。徐《箋》於「禮」字曰：「凡言從某，某亦聲者，皆會意兼聲，如祏从示从石，石亦聲之類是也。若此禮字則又當別論，蓋豊本古禮字，相承增示旁，非由會意而造也。」「禮」字《說文》：「履也，所以事神致福也。从示从豊，豊亦聲。」「禮」字的甲骨文、金文皆同「豊」字。《說文》「豊」下云：「行禮之器，从豆，象形。」然而豊爲行禮器之說，經傳無徵。「豊」字甲骨文、金文作 豊、豐，从丰、玨表串玉，从壴；即鼓字。《論語》云：「子曰：禮云禮云，玉帛云乎哉！樂云樂云，鐘鼓云乎哉！」故「豊」字从玉从鼓會意，爲「禮」字初文。因豊、禮語義相同，「禮」是「豊」的累增寫法。而「祏」《說文》：「宗廟主也。《周禮》有郊宗石室，一曰大夫以石爲主，从示从石，石亦聲。」祏爲藏宗廟主之石函，且音與石同，符合「音近義切」之條件，云「石亦聲」自無可疑。龍師說：「徐灝云：豊本古禮字，

相承增示旁，與祐字『从石，石亦聲』不同，可謂慧眼獨具」〔註52〕。

第五節　以新資料補段《注》之不足

一、明形體演變

　　徐《箋》除了用鐘鼎文正段《注》之誤外，也在部分字例中加入金文的資料，用以說明一些現象，而這些現象都是段《注》未提及的。如臣字《說文》：「臣，牽也。事君也。象屈服之形。」段《注》只云；「以疊韻釋之」；徐《箋》增列了鐘鼎文字形。「臣」字甲文作 ，金文作 ，郭沫若說：人俯首則目豎，俯首示屈服也〔註53〕。徐《箋》增補的鐘鼎文字形，及所謂「象人俯伏之形」，在說明許慎何以說「象屈服」之形。實際上此是以形見意，「臣」不是具體物的名稱，而是一種概念。

　　又如在「貝」、「戈」二字，徐《箋》列舉金文說明其字形演變之由來。

　　貝

　　《說文》：海介蟲也。

　　徐《箋》：《注》曰：介蟲之生於海者。象其背穹隆而腹下岐。○《箋》曰：阮氏鐘鼎款識周父已鬲鼎極卤竝作 ，乃古象形文。小篆由古文變。

　　紹慈謹案：貝字甲文作 、，象貝殼形。金文作 、、，字形逐漸訛變，貝形漸失，其中琱生簋、召伯簋之貝字作 ，小篆字形與其很相近，或許即承此而來。

　　戈

　　《說文》：平頭戟也。从弋一橫之象形。

　　徐《箋》：《注》曰：《考工記》：冶氏為戈。……从弋謂柲長六尺六寸，弋之首一橫之而已矣。○《箋》曰：古鐘鼎文作 ，正象戈形。小篆變為一橫，从弋，其柲也。

〔註52〕見龍師宇純著，《中國文字學》，第324頁。
〔註53〕郭沫若之說引自李孝定著，《讀說文記》，第88頁。

紹慈謹案：「戈」字甲骨文作🖼、🖼，金文作🖼、🖼等，皆象戈形。小篆即從金文之🖼演變來的。

二、明本形本義

徐灝不受限於許說，常加入鐘鼎文資料，以辨明字的本形本義。又段《注》對部分字的字義解說不清楚，令人不知其說的根據為何，徐《箋》也以鐘鼎文作說明。如：

馬字《說文》：「馬，怒也，武也。」段《注》只說：「馬、怒、武疊韻為訓。」「馬」甲文作🖼、🖼，金文作🖼、🖼等形。徐《箋》列出金文「馬」的字形，並以此說明古文及小篆字形是由金文變來的。他加入的資料，可彌補段《注》在說形體演變上較欠缺之處。

戉字《說文》：「戉，大斧也。从戈𠃊聲。」甲骨文作🖼、🖼，為斧鉞之形。金文作🖼、🖼等形〔註54〕。晚期金文字形已變。至小篆，許慎將此象形字說為形聲字。徐箋增補金文資料，明戉字之本形，並指出「今从𠃊者，小篆之變體耳」，既突顯許說為形聲之誤，也彌補段《注》在解說形體演變這方面的不足。

又如下列的「止」、「百」及「甬」等例：

止 🖼

《說文》：止，下基也，象艸木出有址，故以止為足。

徐《箋》：《注》曰：許書無趾字，止即趾。○《箋》曰：凡从止之字，其義皆為足址。許以為象艸木出有址，殆非也。考阮氏鐘鼎款識父丁卣有足跡文作🖼，正象足址之形，非艸木。引申之又為基址。

紹慈謹案：「址」字《說文》云：「址，阯或从土。」又《說文》云：「阯，基也。」段《注》曰：「阯與止音義皆同。止者，艸木之基也。阯者，城阜之基也。」徐《箋》的「足址」即「足止」。止字甲文作🖼、🖼，金文作🖼，甲文即象腳底之形，段《注》、徐《箋》之說是對的，徐《箋》以金文的「止」字字形，證實其說，許說有誤。

〔註54〕見陳初生編，《金文常用字典》，第1047頁。

百 百

《說文》：百，十十也。从一白數。……百 古文百从自。

徐《箋》：《注》曰：此當作數十十爲一百。百，白也。十百爲一貫貫章也。白，告白也，此說从白之意，數長於百可以詞言白人也。今依韻會補正，百白疊韻。○《箋》曰：百从自無義。段說殊穿鑿。戴氏侗曰：伯从人白聲。百亦當以白爲聲。鐘鼎文凡「百」皆直作「白」。以白爲聲明而有徵，其說較優。

紹慈謹案：龍師宇純說：百字甲文有 百、百、百 諸形，凡字上有橫畫者，原是一百二字合書，即迆讀爲百字。本假「白」爲「百」，或變百形爲百、百，或又改引其兩側與橫畫相接而爲 百、爲 百，並變其形貌以別義，形成轉注的專字「百」〔註55〕。徐《箋》即根據鐘鼎文「凡百皆直作白」的資料，而採用戴侗之說。也辨明「百」之本形由假借「白」而來。

甬 甬

《說文》：甬，艸木華甬甬然也。从𠃌用聲。

徐《箋》：《注》曰：《周禮》：鐘柄爲甬。○《箋》曰：此當以鐘甬爲本義。《考工記》：鳧氏爲鐘。舞上謂之甬。鄭云：鐘柄。灝按：甬古篆或作甬，兩旁象孌銑，中象篆帶，上出者象鐘柄，小圓象旋蟲。以字形與記文互證，其義瞭然。小篆从𠃌者，形近之訛耳。用本古鏞字象形。說見用部。甬即用之異體。阮氏鐘鼎款識漢陽武劍用字作甬是其證。因甬篆上有小圓，與用微異，遂專以爲鐘甬字耳。鐘柄圓形，凡器之圓者，如箭桶之類，皆从甬。花之蓓蕾橢圓，因亦謂之甬。

紹慈謹案：甬字金文作甬、甬。林義光說：「（甬字）古作甬，作甬，不从𠃌。」〔註56〕楊樹達說：「甬者，鐘之象形，初文也，上象鐘懸，下象鐘體，中二橫畫象鐘帶。……此字第一步發展爲鏞，此於初文甬字加形旁之金表義，第二步發展爲鐘，則取鏞字加形旁之金爲其形，而以同音字之童爲其聲，變爲形聲字，於是甬象鐘形之痕影消失無餘；不可再見矣。許君載鏞爲鐘之或體，知鏞鐘爲一

〔註55〕見龍師宇純著，《中國文字學》，第 159 頁。
〔註56〕林義光之說見《文源》，引自周法高編，《金文詁林》，第九冊（卷七）第 4387 頁。

—91—

字。」〔註57〕李孝定先生說：「銘均云：『金甬』，甬即鍾，爲鐘之初文，象形。」〔註58〕徐《箋》之說和今日學者的研究成果頗相近。

「甬」是否如徐《箋》所說「即用之異體」？「用」字甲骨文作 甶、甶，金文作 甶、甶、甶、甶、甶 等。有學者主張甬與用兩字關係密切，如于省吾說：用甬本一字，故甲骨文以 甶 爲通。（金文中）江小仲鼎、曾姬無卹壺仍以甬爲用〔註59〕。李孝定先生說：徐灝謂用甬古爲一字，並象鐘形，「施用」爲其引申義。曾姬無卹壺作甬，又戈文劍文之作鳥篆者，用亦多作甬，可爲徐說佐證〔註60〕。許說非其本義。

三、明字音之關聯：

段《注》對有的字何以从某聲未作注解，徐《箋》則有所增補，如「代」字。又有的字段《注》未說明和其他字有何字音上的關聯，徐《箋》也增補他的說法。如「鞠」（與「毬」）字。茲將「代」、「鞠」等例詳述如下：

代 代

《說文》：代，更也。从人弋聲。（徒耐切）

徐《箋》：《注》曰：（此下未加注。）○《箋》曰：「弋」古音如「特」，與「代」爲雙聲。

紹慈謹案：「代」在聲類上屬定母；弋，與職切，屬喻四。兩者雖不爲雙聲，但《說文》：「忒，从心弋聲。」忒字爲他得切，从弋聲讀透母，由此可證代與弋音近。據龍師擬喻四上古音爲 zɦ，其中後一成分與定母送氣成分相同（龍師主上古全濁塞音爲送氣聲母），而上古端透定有帶 z 詞頭或複母的讀法，喻四聲母便與定母十分接近（詳見龍師〈上古音芻議〉及〈古漢語曉匣二母與送氣聲母的送氣成分〉二文），故「代」从弋聲之說是可信的。

鞠 鞠

〔註57〕見楊樹達著，《積微居小學述林》，第 46 頁。
〔註58〕見李孝定著，《讀說文記》，第 183 頁。
〔註59〕見于省吾編，《甲骨文字詁林》，第 3404 頁。
〔註60〕見李孝定編，《甲骨文字集釋》，第 127 頁。

《說文》：鞠，蹋鞠也。从革匊聲。（居六切）

徐《箋》：《注》曰：鞠，居六、求六二切。廣韻曰：今通謂之毬，巨鳩切。
○《箋》曰：鞠毬一聲之轉。

紹慈謹案：「鞠」爲匊聲，據段《注》其二音：居六切，求六切。在聲類上，
「居」屬見母，「求」屬群母，「毬」爲求聲，巨鳩切，「巨」也屬群母。又「匊」
與「求」古音皆屬幽部。而鞠毬義同，故徐《箋》說：「鞠毬一聲之轉。」

第六節　以新方法補段《注》之不足

一、以分析部件明本形本義

要想了解文字的本形本義，須注意部件的分析。分析部件可明獨體字的形義，
又可明合體字的結構。明獨體字的形義可由分析合體字入手，藉以識得獨體字。
如「臣」字《說文》云：「臣，牽也。象屈服之形。」此說字形頗爲抽象，不易領
會。龍師說：「分析𦥑、𡎱、𦥔等字，臣當爲豎目形，而郭沫若云『人首俯則目
豎，所以象屈服之形者』，……亦入理可從。」〔註61〕明合體字的結構，則取他字
作爲參考，或直接分析此合體字的各部件。如「黑」字《說文》云：「黑，火所熏
之色也。从炎上出𡆒。」金文「黑」字作𩏠，或𩏡。對照甲、金文，「火」字作
𤈦或𤈦，則「炎」當作𤈦或𤈦，而非炎。龍師定炎爲《說文》訓鬼火的「粦」
字〔註62〕，並根據炎來分析「黑」字：「黑字下端與炎同形，其作𩏡者，省點而已；
上端據金文當是《說文》說爲鬼頭的甶字，而亦有四小點。然則其字上爲鬼頭，
下爲鬼火，所以示意爲黑，可不言而喻。」〔註63〕由上述可知，分析部件是探究
文字本形本義的重要方法。

徐灝早已運用此方法於瞭解本形本義，或探究造字取意，而得到較許、段進
步之說法，如下列的「折」、「牀」等例：

折 𣂟

〔註61〕見龍師宇純著，《中國文字學》，第 251 頁。
〔註62〕同註 61，第 248 頁。
〔註63〕同註 61，第 249 頁。

《說文》：折，斷也，从斤斷艸，譚長說。 𣂪 籀文折从艸在 仌 中， 仌 寒故折。 𣂚 ，篆文折从手。

徐《箋》：《注》曰：从斤斷艸，會意。折从手从斤，隸字也。唐後人妄增篆文。○《箋》曰：此既从斤斷艸矣，又何須艸在 仌 中？疑籀文因二中相連，故作二曲畫，閒之以見斷折之意。

紹慈謹案：甲文作 🔣 、 🔣 等形，象以斤斷木之形。金文則變木爲 🔣 ，作🔣 、🔣 、🔣 。許說字形爲「以斤斷艸」，即從金文而來，段玉裁及徐灝皆從許說。然而籀文 🔣 於兩中間加的 二 ，許慎傅會爲 仌 （冰）。龍師說：「此字甲文或作🔣 ，當取斤斷木之意。嫌於析字，或易 🔣 爲 🔣 ，或從二木作 🔣 ，或於 🔣 、🔣 、🔣 之間加畫，《說文》遂說爲从 仌 。」〔註64〕由此可知，徐灝只是未識得 🔣 原爲 🔣 之折斷形，說 二 爲「作二曲畫，間之以見斷之意」，則誠是也！

牀 牀

《說文》：牀，安身之坐者。从木爿聲。

徐《箋》：《注》曰：🔣 析之兩向，左爲爿，右爲片，……反片爲爿，當有此篆。○《箋》曰：爿疑即古床字。……明吳元滿<六書總要>曰：🔣 橫視，象平榻四足之形。學者多以爲怪。然嗇部「牆」之籀文二，其左旁皆作 🔣 ，正足相證也。若爿之小篆作 🔣 ，隸楷作爿，乃筆跡小變，無足爲異。

紹慈謹案：徐《箋》以《說文》所收「牆」字（从嗇爿聲）籀文 🔣 、🔣 的偏旁皆爲 🔣 作佐證，藉以明「爿」字的本形本義。孔廣居《說文疑疑》云：「牀古作 🔣 ，象形，以爲偏旁之用，不便橫書，故作 🔣 ，猶 🔣 之爲車也。或省作 🔣 。」關於 🔣 （疒），學者多認爲其偏旁从牀，如李孝定先生說：「疒字甲文作🔣 ，象人有疾病，偃臥在牀之形。」〔註65〕徐中舒說：「甲文从人从 🔣 ， 🔣 象牀形，象人有病，倚箸於床而有汗滴之形。」〔註66〕故徐說是對的。

〔註64〕見龍師宇純著〈說文讀記之一〉，《東海學報》，第三十三卷，1992年。
〔註65〕見李孝定著，《讀說文記》，第194頁。
〔註66〕見徐中舒編，《甲骨文字典》，第837頁。

二、以推理法解說字形

所謂推理法，是指：由已知的事例推求未知者。如甲文燚字應作何解？龍師認為：此字字形是從大（大），外有四點。與其形近的古文字為金文「㷠」字，作燚，又石鼓文「憐」字作㷠，所从與金文合。燚與㷠的差別，只在足形的有無，而加足形並非必需，作「燚」已足夠表意。金文㷠即「舞」字，不必作㷠；「㷠」字從㷠或㷠，皆與燚即㷠字現象平行。由此推斷：燚即「㷠」字。古人以㷠為鬼火，故其字從大，而以四小點示意〔註67〕。

徐《箋》於部分字例，運用推理法，或由全書通例來說字，或由其他字已知的情形，而推論出較正確的說法。如革字，徐《箋》由「若審知其為從三十、㠯聲，則當如全書通例，於小篆下先言之矣」，推論出「許於此字蓋未詳其形，故但云象古文之形」。並進而提出對此字字形之解析。（詳見後文）又如眉字，小篆作眉，段、徐對其字義無異議，但段氏云：〢象眉形，仌為額理；徐灝則根據「眔從〢象目圍（《說文》：「眔，目圍也。從明〢。」），則此不異義」，而推論「疑當以仌象眉毛。」眉字甲文作眉、眉，金文作眉，篆作眉者，眉之形變。「仌象額理」之說不正確，徐說較近本形。

茲將革字詳列於下：

革 革

《說文》：革，獸皮治去其毛。革，更也。象古文革之形。革古文革。從三十，三十年為一世，而道更也。㠯聲。

徐《箋》：《注》曰：革、更雙聲。治去其毛是更改之義，故引申為凡更新之用。○《箋》曰：古文革從三十以下十五字疑後人妄增。許於此字蓋未詳其形。故但云象古文革之形。若審知其為從三十、㠯聲，則當如全書通例，於小篆下先言之矣，以是明之。竊謂古文蓋象獸皮之形，上下頭尾，二畫象四足，中其體也。

紹慈謹案：「革」字金文作革，許慎只說此字字義為獸皮，未解析其字形，段《注》也未提及，徐《箋》則補充說明此字原本的形構為「上下頭尾，二畫象四足，中其體。」李孝定先生說：「中象獸皮展布，上下象頭足尾之形，許君前說

是也。其字不从三十，三十年一世而道更之說，蓋附會以說革更之義耳。」〔註68〕《說文》「皮」字：「皮，剝取獸革者謂之皮。」金文作 𡱗、𡱗 等形。林義光曰：「古作 𡱗，从 𠃜，象獸頭角尾之形， ⊃ 象其皮，𠃜 象手剝取之。」〔註69〕參照皮字，可知革字就字形所表現的本義來看，是作名詞的「獸皮」意，而非作動詞的「更改」義。徐《箋》所云「古文蓋象獸皮之形」，甚是。

三、以比較法確定小篆的字形

考證一字之本形本義時，不可完全根據小篆與《說文》，《說文》許多說解只適合小篆字形，必須與小篆之前的古文字相比較，當這說解也符合古文字時，才能證實其為正確的。

許說只合小篆，未必合於甲、金文的原因，與「字形遷化」的「造作」有關。龍師說：字形遷化的情形有二：一為自然訛變，一為人為造作。訛變是漸進的，無意識的；造作是突發的，有意義的。發生字形突變的字，因古說失傳，字形又或演變過甚，無由推知本形本義，於是附會遷就，出現了新的字形，而突變之後，適可以配合一個新的說解。這種情形多發生於小篆。此變異乃出於人為造作，而其所以有此造作，正為其字形必如此，然後可得而說。後人對於一些無由推求本形本義的字，常根據自己的想法、猜測，將舊字改造成新字形〔註70〕。如卑字，小篆作 𤰞，《說文》：「卑，賤也，執事者，从 𠂇甲。」然而「卑」的金文作 𤰞 或 𤰞，「甲」金文作 十，知卑字上本不从甲，而是酒器「椑」之象形，下亦不从左。从 𠂇（左）甲是後來為配合《說文》之說解而改的新字形。

徐灝將有些字的小篆與金文、古文相對照，發覺小篆的字形與古文字字形相差頗多，許慎之說無法解釋金文、古文的字形字義，故質疑說文中的部分說法非造字之恉。如「乍」字《說文》云：「止也。一曰亡也。从亡从一。」徐《箋》曰：「傳注未有訓乍為止、亡之詞者。……此篆石鼓文作 𠤕，鐘鼎尤多。其字形亦非从亡从一，當闕疑耳。」（詳見前文：成就—以新資料正段《注》之誤）。

徐《箋》對部分字的解析，也運用與其他字的比較，而得出較深入、正確的

〔註68〕見陳初生編，《金文常用字典》，第 359 頁。
〔註69〕見龍師宇純著，《中國文字學》，第 194 頁。
〔註70〕同上註，第 390 至 391 頁。

說法，以補許、段說之不足。如：

　　辠字《說文》：「辠，犯法也，从辛从自。」段《注》云：「辛自即酸鼻也。」徐《箋》提出其他看法：「辠从『辛』者，『辛』即『辛』也。『自』當為聲，辜字仿此。」他又於辛字下說：「辛部曰：辛，辠也。……『辛』與『辛』形、聲相近，義亦相通，疑本一字。辠辜等字竝从『辛』，而其義當為『辛』，即其明證。」辜字《說文》云：「辠也。从辛古聲。」「辛」（辛）既已有罪之義，比較辜字，以「自」為聲之說可通。

　　又如及字《說文》：「及，逮也。从又从人。……逮亦古文及。」「及」甲骨文作𠂤、𠬶，从人从又，金文作𠬶、𠬶，也从人从又，或加从彳。段《注》說之較簡略，只云：「从又人，及前人也。」徐《箋》則以「與隶同意」來作對照。龍師認為徐《箋》之說可從，並提出說明：「及與逮始義亦當有人獸之別，故及字作𠬶，象亡人在前，有又（手）自後及之；而逮字从隶从辵，《說文》：『隶，及也。从又，尾省，又持尾從後及之也』，隶即逮之初文。古文及字於逮字加羊角，仍當為逮字。」〔註71〕故及字金文或从彳。「及」與「逮」，一象把人抓住，一象把羊抓住，故曰「同意」。徐《箋》增補之說闡明造字之意。

四、以歸納法明偏旁與結體原則的關係

　　文字用作組成合體字的偏旁時，其形體易有變動，如易橫形為直體，與作為獨體字時有差異。此種現象常源於：為使合體字結構緊密方整。如車字，甲文多作𢏟、𢏟、𢏟等形，金文後多作𨏟、車，作為偏旁時，皆採用金文的字形，如「轉」作轉、「較」作較等。又如「犬」字金文作𤝔、𤝔等形，作用偏旁時採𤝔形，如「獻」字金文作𤞞，「猶」字金文作𤞞，此乃因我國文字採直行下書，通常寧取較長之形，又要求合體字須構成緊密整體，以達形體方正〔註72〕。當字形較長者（如犬、馬、虎等四足動物）作為偏旁時，在不影響表達字義的前提下，與構成合體字的另一偏旁多採左右式，為免字形過寬，也就須易橫形為直體。故要求形體緊密方整，為一切合體字的結體原則。

〔註71〕見龍師宇純著〈說文讀記之一〉，《東海學報》，第三十三卷，1992年。
〔註72〕同註69，第222頁至223頁。

有些合體象形字、合體會意字，其偏旁位置的安排，無論探上下、左右或內外，皆須以能表現其意爲前提，如人在木旁爲「休」，人在木上爲「枀」（乘），二者偏旁的位置關係不可任意改變。藉位置關係以見意，爲部分合體象形字及部分合體會意字的結體原則〔註73〕。

徐灝注意到偏旁與結體原則的關係，並將相同偏旁的字例，依上述兩種原則作了不同的歸納：

1、「目」字徐《箋》曰：「目篆本橫體，因合於偏旁而易橫爲直。」所謂「合於偏旁」，透露出爲求合體字結構緊密方整之意。

2、又曰：「如睘、 眔 等字則不改也。」此透露了：會意字以偏旁位置的關係來顯示字義。「 眔 」字甲文作 𥄂 、𥄉 ，象流淚狀；「睘」字金文作 𥇦 、𥆠 等形，郭沫若說：「睘即玉環之初文，象衣之當胸處有環也，從目，示人首所在之處。小篆誤作𥇡。《說文》云：『目驚視也，從目袁聲』，義非其本，字形亦失。」〔註74〕「睘」於鐘鼎銘文中表「環」之意，是一種玉璧。「 眔 」、「睘」等字的「目」皆須位於字形的上方，不得採直形的左右式，才能明顯表達字義。

此外，徐《箋》也運用歸納法求證部首的字義。如於「止」字下云：「凡從止之字，其義皆爲足址（趾）。」他因此推論出：「（止）正象足址（趾）之形。」又於「幸」字下云：「幸之本義蓋謂拘攝罪人……，所屬之字多捕亡訊囚之類。」亦即他由所從部屬字的類似字義，歸納得知該部首字的本義，其說詳見下列「幸」例：

幸 幸

《說文》：幸，所以驚人也。从大从𢆉。一曰大聲也。凡幸之屬皆从幸。

徐《箋》：《注》曰：各本作从𢆉。五經文字曰：《說文》从大从𢆉。𢆉音干。今正。干者，犯也，其人有大干犯而觸罪，故其義曰：所以驚人也。其形从大干會意。○《箋》曰：幸之本義蓋謂拘攝罪人，故所屬之字多捕亡訊囚之類。

紹慈謹案：「幸」的所屬字有「執」、「圉」等字。《說文》：「執，捕辠人。」「圉，囹圄，所以拘辠人。」龍師宇純說：「幸，各本作幸，此從段氏所改。字

〔註73〕見龍師宇純著，《中國文字學》，第220頁至221頁。
〔註74〕郭沫若之說引自陳初生編，《金文常用字典》，第405頁。

—98—

从大干義爲『所以驚人』，意不易會。甲骨文此字作 〔字〕，執字作 〔字〕 或 〔字〕。金文 〔字〕 作 〔字〕 或 〔字〕，今人由分析執字知 〔字〕 實象手械形，殷墟出土陶俑有兩手加梏者，其梏正作『〔字〕』狀。於是 〔字〕 字本形得以大白。《說文》云『所以驚人也』，驚或是槷的誤字。」〔註75〕 〔字〕 字於甲、金文中未見，字不見經傳，龍師謂「此字實從偏旁得之，非眞有 〔字〕 字。」〔註76〕此字當爲象手梏之形，非从大从干會意。徐《箋》云「〔字〕 之本意蓋謂拘攝犯人」，與本義相近。

第七節　採他人之說補段《注》之不足

一、明本形本義

對部分許說字義不明顯、段說不夠周全的字例，徐《箋》引用他人之說作爲注解，如奚字《說文》：「奚，大腹也。」段《注》僅云：古奚猴通用。徐《箋》另引用戴侗之說（舉〈周官〉鄭注之言爲證），以明此字之本義與假借義。奚字甲文作 〔字〕、〔字〕，金文作 〔字〕 形，皆象以繩係其首，以手牽之之形，乃俘虜之象形字，從系是會意，非「系」省聲。〈周官〉鄭注所言：「古者從坐男女，沒入爲奴，其少才知者以爲奚」，是「奚」的本義。而徐《箋》所謂「假借之，用與『何』同」所言亦是。又如「即」字。（詳見下文）

有些字徐《箋》則增補他人之說，加入許、段未提及的字義資料，如我字《說文》：「我，施身自謂也。」段《注》引〈釋詁〉的資料對許說作說明。徐《箋》另採用周伯琦之說：「〔字〕，戈名，象形，借爲吾我字。」「我」骨文作 〔字〕、〔字〕、〔字〕，金文作 〔字〕、〔字〕 等形。李孝定先生說：「我之爲施身自謂乃假借，釋詁所收卬、吾、台、予、朕、身、甫、余、言亦然，蓋篆既失，本誼亦湮，許君因以假借爲本義；而其下說字形從 〔字〕 之解，遂覺支離，本書 『垂』、『殺』之下，並無古文作 『〔字〕』一體可證也。『我頃』則謂『我』假爲『俄』，亦與『我』之本文無涉。我字甲骨文作 〔字〕，象長柲三鋒，乃兵器之象形字，金文作 〔字〕，形雖稍變，而三鋒猶存，至小篆變爲從 〔字〕，遂至莫可究詰矣。」〔註77〕陳初生等於《金文常用字典》

〔註75〕同註73，第252頁。
〔註76〕見龍師宇純著〈說文讀記之一〉，《東海學報》，第三十三卷，1992年。
〔註77〕見李孝定著，《讀說文記》，第281頁。

中列了一項資料：「一九七五年三月扶風縣莊白西周墓出一器，其形作𠦝，刃部作圓齒狀，背部有兩橢圓形的銎，銎上釘孔對穿，以便固定木柄。此種特殊刃器，裝上木柄，極似甲骨文中〝我〞字。《陝西出土商周青銅器》一書以爲這就是上古兵器〝我〞。」〔註78〕故可信我字本是象形字。徐《箋》引用周氏之說是對的。

又如庚字《說文》：「庚，位西方，象秋時萬物庚庚有實也。」段《注》沿用許說，徐《箋》則列戴侗、周伯琦之說，即增補他人之說以「存參」。「庚」甲文作𤯝、𤰃，金文作𤰅、𤰆。至小篆，形有訛變。李孝定先生說：「郭沫若氏甲骨文字研究下釋干支十至十一頁引古金文有作𤰗者，謂象有柄有耳，搖而鳴之，所以止鼓，即鉦、鐃之本字，其說可從，子父庚觚銘庚字作𤰋，與郭所引古金文同，康字訓和樂，喜、樂諸字均從樂器取義，亦可證庚之朔誼也。」〔註79〕徐《箋》所引用戴氏之說是可信的。「庚」後來被借用表庚辛字。還有如「行」字。

茲將「即」、「行」二例詳列於下：

即 𩜾

《說文》：即，即食也。从皂卩聲。

徐《箋》：《注》曰：即當作節。《周易》所節飲食也。節食者，檢制之使不過，故凡於是之詞謂之即。凡見於經史言即皆是也。《鄭風·毛傳》曰：即，就也。當云：从卩皂、卩亦聲。其訓節食，故从卩皂，卩節古通也。○《箋》曰：即食亦可通。《繫傳》曰：即猶就也，就食也。灝按：引申之則凡有所就皆謂之即矣。

紹慈謹案：甲文作𨙨、𨚩，金文作𨞯、𨞰，皆象人就食之形。卜辭中「即」有訓就者。〔註80〕。故可知徐灝採《繫傳》所言以明許說即爲即食是正確的。

行 𘓿

《說文》：行，人之步趨也。从彳从亍。

徐《箋》：《注》曰：步行也。趨走也。一徐一疾皆謂之行。統言之也。引申爲巡行、行列、行事、德行。○《箋》曰：行又爲道路之偁。戴氏侗曰：詩云：

〔註78〕見陳初生編，《金文常用字典》，第 1048 頁。

〔註79〕見李孝定著，《讀記文記》，第 312 頁。

〔註80〕同上註，第 138 頁。

寘彼周行。曰嗟行之人，曰行有死人是也。

　　紹慈謹案：「行」字甲文作 ⌐⌐，表「路」。徐《箋》之說爲其本義。

二、明二名者相因增偏旁

　　在徐《箋》可看到一些與「字源」有關的主張，是段《注》未曾提及的。而這些主張中，有的是引用他人之說，如「璠」字徐《箋》曰：「凡物二名者，多相因而增其偏旁。如與璠增作璵……朱儒增作侏……。此王氏引之之說也。」「朱」的字義爲赤心木，故施一橫於木字中央，被借用表「朱儒」。「與璠」也是類似的情形，皆本以同音字表示，後來加意符成新字專表某義，和本義作區別。這屬字源的部分現象。由此段論述可知：徐灝引用王引之的說法，增補段《注》對字源說解的不足。

第四章 徐《箋》之商榷

　　部分徐《箋》贊同段《注》的意見，從今日的甲、金文資料，及學者的研究成果來看，知其說有誤，這是徐《箋》誤循段《注》之失。

　　徐《箋》批評段《注》的意見中，有部分是錯誤的，它包括六書、字音及亦聲等方面。這是徐《箋》誤評段《注》之失。

　　此外，徐《箋》採用他人說法有時是錯誤的，如採用「以轉體爲轉注」之說。徐《箋》自己的意見也有並不妥適的，如言六書有混用象形、指事及會意之法的主張。他在字源、語源方面雖有頗爲深入的主張，但非全都正確，有將部分本無孳生關係者，誤說成同字源、同語源的。這些有待商榷之處，本文分爲「誤循段《注》之失」「誤評段《注》之失」、「誤用他說之失」及「徐氏立說之失」等方面加以探討：

第一節　誤循段《注》之失

一、說部件之失

　　段《注》對有些字的部件說解，沿襲《說文》的分析。然而其說有誤。徐灝贊同許、段之說，未能指出其錯誤。如：

　　令字《說文》：「令，發號也。从𠓛卪。」段《注》沿用許說。徐《箋》也說：「从卪从𠓅，𠓅者集也。」甲文作𣥂，𠓖，金文作𠓾、𠓿等形。甲、金文皆从「𠓅」，此實爲倒口之形，非从𠓅（集）。以倒口形表發號之人。𣥂、𠓖則表受命之人也。非如《說文》所說的「从卪」（「卪，瑞信也。」）羅振玉說：「𣥂字象人跽形」，

林義光說：「象口發號，人跽伏以聽也。」〔註1〕故在字義上，「發號」之說，近本義。然而「从卪从A，A者集也」並不正確。

內（厹）字《說文》：「內，獸足蹂地也。象形，九聲。」段《注》、徐《箋》皆認同「从九聲」。王筠《說文釋例》對許說內字爲「象形，九聲」有所質疑：「說曰九聲，似未然，蓋通體象形。……故厹之內以象其指迹，外以象其坼鄂，乃爪所攫畫也。」意謂既曰象形，且有形可象，就無須形聲了。李孝定先生說：「考本部七篆中，惟禽、萬兩字，見於甲骨金文，萬爲蠍之象形，金文中極多見，未見从厹之迹，可得而言者，惟一禽字，……金文則作𩵋……又作𩵋，……此『𠦬』形即爲『厹』字所自昉，殊未見獸迹之象也。竊疑厹、蹂本非古今字，而篆文从厹者已多，許君又不知何从而得人九切一讀，遂以爲蹂之古文，立爲部首，以攝其下六篆耳。」〔註2〕萬字金文作𩵋、𩵋，與禽字金文偏旁中皆不見从「九」（金文作𢩵）者，「𠦬」、「𠦬」只是與「𢩵」形近，非同一字。故內字从九聲之說難以成立。又「蹂」非名詞，乚象形之說，亦無所可取。

二、說本形本義之失

段《注》、徐《箋》對有些字皆認同《說文》之解說。但從甲、金文的資料來看，許說並非該字的本形本義。如：

無字《說文》：「無，豐也，从林𡘲。」段《注》云：「此蕃𣞤字也。隸變爲無，遂借爲有無字。」徐《箋》贊同之。「無」甲文有𣞤、𣞤、𣞤等形，金文有𣞤、𣞤、𣞤等形。學者多認爲：根據甲、金文之字形，𣞤原象人持牛尾以舞形，爲舞字的初文〔註3〕。許說、段《注》及徐《箋》所云皆非無字之本義。

爲字《說文》云：「爲，母猴也，……爪，母猴象也。下腹爲母猴形。」段《注》、徐《箋》皆贊成此說。「爲」字甲文作𧱀，金文作𧱀、𧱀等形，羅振玉曰：「古者

〔註1〕羅振玉之說與林義光之說引自于省吾編，《甲骨文詁林》，第一冊之第364頁及第366頁。

〔註2〕見李孝定著，《讀說文記》，第308頁至309頁。

〔註3〕龍師宇純說：「根據金文的第一形，將〈呂氏春秋·古樂篇〉所記葛天氏之舞，及《周禮》樂師之旄舞相結合，即可確定𣞤原象人持牛尾以舞形。」見《中國文字學》，第178頁。王襄、孫海波等皆說象人執牛尾以舞之形，爲「舞」之初字。二人之說引自于省吾編，《甲骨文詁林》，第四冊之第255頁。

役象以助勞，其事或在服牛乘馬之前。」〔註4〕金文後，象之形愈不明顯，至小篆為訛變之形。許說、段《注》及徐《箋》之說皆非其本形本義。

　　幽字《說文》：「幽，隱也。从山中丝，丝亦聲。」段《注》、徐《箋》皆認為：「幽」从「山」表「隱」之義。「幽」甲文作 🔣、🔣、🔣，金文作 🔣、🔣。「山」甲文作 🔣、🔣、🔣，金文作 🔣、🔣、🔣 等。從甲文來看，「幽」所从並非山字。許、段、徐三人之說皆與本形本義不符。李孝定先生說：「古文火作 🔣，與山字作 🔣 者形近，幽之所從，實火字也。其字蓋取義於絲之微細，得火光燭照之始顯，引申有『隱也』之義，篆變而从『山』，故許君不得其解耳。」〔註5〕

　　卑字《說文》：「卑，賤也，執事也，从 ナ甲。」卑字金文作 🔣、🔣，上不从甲，下亦不為左。朱駿聲《說文通訓定聲》云：「凡酌酒，必資乎尊禮器，故為貴，椑便於提攜，常用之器，故為賤。」他以為卑即椑字象形，與尊字本同為酒器，引申為貴賤之稱。其說可從。段《注》及徐《箋》因持許說「从 ナ甲」而對字形字義有不正確的說解。

　　出字《說文》：「出，進也，象艸木益滋，上出達也。」段、徐也都認為：「出」字的本義與草木生長有關，出入為引申義。其實，甲文之「出」字作 🔣 或 🔣，凵與 🔣 表營窟，以此表往外出之意。

三、說省形省聲之失

　　徐《箋》贊同段《注》說部分省形省聲字，然而其說有待商榷。如齋字《說文》：「戒潔也。从示，齊省聲。」段《注》云：「謂減齊之二畫，使其不繁重也。」徐《箋》說：「省之而可識者，如齋从齊省、罷从熊从罷省……」龍師則認為：「齋从齊省聲」一說，似合於省形省聲現象。唯金文齊字多不从「二」，🔣 即齊字，是此字原無省作〔註6〕。

　　豈字《說文》：「豈，還師振旅樂也。……从豆，微省聲。」段《注》認為：「从豆當作从壴省『微』當作『散』」，徐《箋》贊同之。龍師宇純說：此為書中以省

〔註4〕羅振玉之說引自陳初生編，《金文常用字典》，第302頁。
〔註5〕同註2，第108頁。
〔註6〕見龍師宇純著，《中國文字學》，第342頁至343頁。

聲解字最受訾議的一說，因其微下云從散聲，散下又云從豈省聲，豈與散互爲聲符，充分表現其附會爲說。何況二者聲母相遠，不具爲聲符條件。又豈字本取壴（鼓字）見意，散字則不能強解。豈字從微聲僅韻母有關，若不論聲母是否有關，則對聲符的語音要求條件過於寬泛。壴實由豈改變字形而成。豈本作壴，爲鼓字，象鼓在架中形。壴既爲鐘鼓字，又讀同喜，或又讀同豈（一方面爲象形，一方面爲會意）甲骨文嘉字從壴爲聲，是壴讀同豈字之證。嘉與艱同字，亦與「散」同。《說文》云散字從豈聲，讀若墾。清儒以墾即艱字。墾豈二字雙聲對轉，後爲其別，強使讀「豈」的壴字作壴。小篆變壴爲豈，故壴亦變而爲壴，豈字固不從微爲聲，其始且不從豆。〔註7〕段、徐二氏認爲「從豆當爲從壴省」之說並不很正確，因爲由「爲分別，使壴字變作壴，後來小篆變壴爲豈、壴亦變爲壴」的過程來看，可知：「豈」與「壴」本爲同形異字，後來「豈」由象形字「壴」分化爲象意字，改變筆畫以別嫌，（類似的情形還有如金文「吏」「事」共一字，後來固定以事爲「事」，以吏爲「吏」，而歧分開來。）與表義偏旁的「省作」無直接關係。

四、說亦聲之失

徐《箋》贊同段《注》說部分亦聲字，而其說有誤。如：

祟字《說文》云：「祟，神禍也，從示從出。」段《注》、徐《箋》皆說爲「出亦聲」。徐灝謂「出亦聲」的主要理由爲：「祟者神自出之以警人，故從出」，且音有關。實則「出」與「神禍」義無必然之關聯性，「出」與「祟」之音也不近，不符合亦聲的條件，只是會意而已。

吏字《說文》云：「吏，治人者也。從一從史，史亦聲。」段《注》說此字爲「會意兼形聲」，徐《箋》贊同之。其實不然，龍師說：「吏與史古韻同之部，聲母的不同，顯然可以複聲母說解，另一方面，吏與史並給事於官，史部吏之一種，是二者義亦有關。但史可以稱吏，吏則不必爲史。金文吏事同字，有事、吏、史等形，與史字作史形亦相近。吏爲治事之官，史爲記事之官，義復相因。事、吏、史三者蓋本同一語，『吏』與『史』即從『事』出，但其分化有先有後。金文吏、事共一字，史別爲一字，是『史』的分化在先，『吏』的分化在後之明證。疑其字

原作🔣，含事、吏、史三義。及『史』由『事』分化，以🔣字表分化語之『史』，並強改🔣形爲🔣、🔣或🔣，以表母語之『事』。又至複聲母單一化，『吏』更自『事』分化，於是固定以🔣爲事字，並以🔣爲吏字，其時當小篆之際，故🔣、🔣二形均不見於金文，而並與金文🔣字相近，即由🔣字變化以成，故《說文》吏字史亦聲之說，亦不足採信。總之，《說文》亦聲字，有衡之音義似合而實不然者，此又爲一類。」〔註8〕由此可知，徐《箋》贊同許說、段《注》說「吏」字是「从一从史，史亦聲」並不正確。

五、說聲訓之失

段《注》將「門聞」、「戶護」、「髮拔」等例歸爲聲訓，徐《箋》贊同之，如於「戶」下曰：「戶，護也，所以謹護閉塞也。」於「門」下 曰：「門，聞也。聞者，內外相聞也。」「髮，拔也。拔擢而出也。」然而，段、徐之說有誤，門聞、髮拔及戶護等，二字彼此在意義上的關係是出於主觀的附會。如門只是用以啓閉出入，曷嘗與聞有關？髮是誰來拔擢的？「室」與「屋」也可說是保護人類安全的，何以不衍「護」的語音？三者皆不能視爲「語義相關」，也就不合語源的認定。

第二節　誤議段《注》之失

一、誤議「合體象形」之失

段氏主張有「合體象形」：「合體者，从某而又象其形，如眉从目而以🔣象其形，箕从竹而以🔣象其形。」又於鹵字注云：「合體象形，有半成字、半不成字者，如鹵从卤（籀文西）而又以🔣象之是也；有兩不成字者，如🔣以🔣象鳥、以🔣象巢是也。」在這些字的《箋》中，徐灝皆未提及對「合體象形」的看法。此外，也未見徐灝有贊同合體象形之字例。但有反對段《注》說爲合體象形的。如牟字徐《箋》曰：「牛鳴聲無可象，……段以爲合體象形，非也。」又番字徐《箋》云：「段謂番合體象形，非也。」並提出一原則性的主張：「🔣（番字）的🔣象獸掌，其形與土田字相溷，故又从🔣建類。如🔣（面字）从🔣，象人面形，謂🔣

〔註8〕同註7，第 322 頁至第 323 頁。

象人面也；……𢦏（𢦏字）从又，从古文厷。象形，謂乚象臂肱也，皆不能合體成形。番从⊕，象掌，本作⊕，象形，中虛點白者，即其指爪，十，其分理，與糸之四點 ∷ 及 千 同，古文作𥙊亦同，如合以爲形，則掌上加掌矣；口象人面而合於首，是面上復有面矣。……乚象臂肱而合於又，則肱在手下矣，此不可不察也。凡許書言：『从某，象形』者，皆造字因其形簡略難明，故加偏旁建類。……其但云象形者，乃爲全體形也。不知其通例，則強合而失其條理矣。」

現代學者對段氏的「合體象形」說有不同的看法。有的不贊同象形有合體字。如唐蘭說：「我們所謂象形文字，只限於段玉裁所謂獨體象形一類。」〔註9〕姚孝遂說：「所有的象形字都應是一個完整的形體，不能加以分割（這不包括疊體的象形），過去許多學者認爲象形字有獨體與合體之分，這種說法是難以成立的。」並舉「日」爲例：「說文認爲是『從口一』，這是錯誤的。……甲骨文日字，除了作⊖之外，還有作𝌆、日、◇，甚至有作口或◎者，它是一個完整的，不可分割的形體，既不从口也不从一。」〔註10〕大陸學者高明也說：「凡是一物，體積無論大小，或獨立，或附於它物之上，都是一個完整的個體，因此表示物名的象形字也必然是獨體的。過去段玉裁所謂『合體之象形』，這種分類沒有必要。」〔註11〕贊同合體象形字的則如：章太炎在《文始》中舉果、朵等字爲合體象形〔註12〕。林尹說：「『增體象形』就是單單象形不能明白表示它是什麼東西，必須增加其他形體來補足，如『果』形爲『⊕』，和田地的『田』無法區別，所以增加一個木字。這類象形字從前叫做『合體象形』或『複體象形』。」〔註13〕

徐灝所謂的「造字因其形簡略難明，故加偏旁建類」，在實際造字的情形中是存在的，不僅如此，龍師從理論上推測造字可能出現的方法，便認爲應有「兼表形意」的文字。他說：「……此類文字基本上是表形法，只爲其形不顯著，或不易與他字分辨等等原因，於是通過表意手法，以完成表形的目的。如巢字原作𣎆，其中『臼』自是巢的形象，僅作『臼』，其形不易見，即使作𣎆亦易混於果字，於是上加象小鳥形的『巛』。後世巢字下端雖已同化於果字，而巢果二字始終不

〔註 9〕見唐蘭著，《中國文字學》，第 87 頁。
〔註10〕見姚孝遂著，《許慎與說文解字》，第 24 至 25 頁。
〔註11〕見高明著，《中國古文字學通論》，第 69 頁。
〔註12〕章太炎於《文始》之說，引自姚孝遂著，《許慎與說文解字》，第 26 頁。
〔註13〕見林尹著，《文字學概說》，第 63 至 64 頁。

混，從這裡可以體認出，表形字兼取表意法的意義和作用。」〔註14〕。從「番」、「面」、「厷」等字來看，番字旳「釆」本象獸指爪分別之形，⊕不必爲獸足掌形，其與𤲳同，「苗」是田上艸，「番」是田上足跡，「田」是用以顯示釆爲獸跡的。面字甲文作◉、⌀，◖、◗象面之外廓，因恐人不知其義，於是從目（小篆訛作𦣻）以強調字義；厷字之〇象曲肱形，然只作〇，其形、義不明顯，故加表手的𠂇。這些都歸屬於龍師所謂的「兼表形意」字。

龍師又說：「兼表形意」這類文字，表形的部分是其主體，表意只是從物。如眉字，雖不見有作𥄕的獨體寫法，歸之於象形，也可以說是持之有故。清人論六書的象形，下分獨體、合體，所謂合體象形，指稱的便是如眉、果、巢之類的文字〔註15〕。由此可知，段、徐二人主張的都屬象形字，只是對同樣的現象有不同的命名和解說。而段氏稱之爲「合體象形」並無錯誤，徐《箋》對段氏「合體象形」說的批評有待商榷。

二、誤議說字音之失

段《注》對部分字音的解說，包括雙聲、反切等方面，徐《箋》皆加以批評。然其說有誤，如下列的「台」、「丕」等例：

台 𠯑

《說文》：台，說也，从口㠯聲（與之切）。

徐《箋》：《注》曰：台說者，今之怡悅字。……按湯誓高宗肜、日西伯戡黎皆云「如台」，殷本紀皆作「奈何」。《釋詁》：台予同訓我，此皆以雙聲爲用也，何、予、台三字雙聲。○《箋》曰：台予雙聲，台何非雙聲，其「如台」猶言其「如我何」，急言之，省何字耳。

紹慈謹案：台，與之切，予，余呂切，聲類皆屬喻四，二字爲雙聲。而「台」與「何」在聲音上有何關聯？龍師說：「台與何可視爲轉語，也就是今人說的同源詞。轉語的形成，多因方音不同所影響。其現象，通常是保持其聲母的關係，韻

〔註14〕見龍師宇純著，《中國文字學》，第110至111頁。
〔註15〕同上註，第117至118頁。

母產生變化。所謂『喻四古歸定』，是近人曾運乾以來的說法，實際喻四上古並非定母的一部分。我在〈上古音芻議〉文中，鑒於喻四字與邪母及見系字不可分割的狀態，將喻四上古音構擬為 zɦ 複聲母，其中 z 的部分與邪母讀音相同，而 ɦ 的部分，即是匣母的讀法。該文曾舉出喻三、喻四在諧聲及轉語中相關的例證，前者如：剡棪琰从炎聲，燄从臽聲，豔从盍聲……。後者如：永與羕，……鹹與鹽，及杴與柔為同物異名，『自環為私』又作『自營為私。』說文台下段《注》云，何與予台三字雙聲，其在段氏，固不知何台所以為雙聲之理。……由今看來，台字聲母 ɦ 的部分確與何字相同。至於韻母方面，之與歌雖相遠，台背之為駝背，以及怠與惰、憊與疲、嗞 與嗟之為同義，聲音關係正與台何相平行，也許都是同一方音背景的語轉現象。換言之，漢儒以如台為奈何，如與奈，台與何，視為語音轉化，並無問題。」〔註16〕故可謂「台」「何」在古音有雙聲的關係。

丕 丕

《說文》：丕，大也。从一不聲。（敷悲切）

徐《箋》：《注》曰：古多用不為丕，如不顯即丕顯之類。於六書為假借。鋪怡切。○《箋》曰：段氏以丕顯作不顯為假借，非是。又唐韻切字，間有古音敷之重唇讀若鋪故丕音敷悲切。段氏未達，改為鋪怡切，不知其無以異也。

紹慈謹案：「不」字《說文》：「不，鳥飛上翔不下來也。从一，一猶天，象形。」除此說之外，鄭樵用常棣詩「鄂不韡韡」釋「不」字象花柎形。龍師根據甲骨文不字可分為兩組不同的字形，認為「《說文》必有所受之，而鄭說亦不容遽棄。」〔註17〕另一方面，「丕」字義為大，甲骨文及早期金文無「丕」字，乃借「不」字兼代，後為區別二者，於是加一橫以別嫌。段《注》所云：「古多用不為丕，……於六書為假借」較正確。又徐《箋》批評段氏改為鋪怡切，卻未注意到敷字於古雖亦為重唇音，其改悲字為怡字，是要告知讀者中古丕字入脂韻為音變，其上古屬於之部，故用之韻的怡字表示韻母，非盡無意義。

〔註16〕見龍師宇純著，《絲竹軒詩說》，第 264 至 265 頁。
〔註17〕見龍師宇純著，《中國文字學》，第 300 頁。

三、誤議立部爲「因形系聯」之失

徐《箋》對段《注》的批評有的並不正確。如句字段《注》云：「句之屬三字皆會意兼形聲，不入手竹金部者，以所重爲主也。」徐《箋》曰：「依全書通例，拘、笱、鉤三字當分入手竹金部。今立句部者，蓋以句篆上承口，下起丩，因形系聯之意耳。其實於通例未畫一，不必曲爲之說也。」龍師說：句字《說文》：「曲也。從口，丩聲」，應是形聲字。「句」之義爲曲，當分入丩部，似不具獨立爲部的理由。然而句部下的三字：拘、笱及鉤，《說文》分別云「止也，從手句，句亦聲」、「曲竹捕魚笱也，從竹句，句亦聲」、「曲鉤也，從金句，句亦聲」。其中除了拘字與句義不切，只是形聲字之外，其餘二字皆與句之字義「曲」有關。此乃因許慎重視字與字之間音義的雙重關係，據語言關係而袞集諸亦聲字專立一部。故《說文》中除了句部外，還有如「酒」下云「酉亦聲」，而「酒」字見於酉部，不在水部；「阱」字在井部，不在阜部，云「井亦聲」等例〔註18〕。徐灝所謂「以句篆上承口，下起丩，因形系聯之意」，是從說文部首編排的體例來看待此一現象，句下接丩部，是因爲適有一句部，故排之如此，非爲丩部的排列而立句部。沒有句部，丩部未必不可另作安排，徐氏這種解釋是不合理的。

第三節　誤採他說之失
一、採「以轉體爲轉注說」之失

徐灝對轉注的看法是：「惟戴仲達以轉體爲轉注，如反上爲下，反丩爲丮，反正爲乏之類是也，此說人多疑之，予竊以爲獨得轉注之解說。」（徐《箋》的下字）其說屬「形轉派」，此派說法最早始於唐朝的裴務齊，他說：「考字左回，老字右轉。」之後，宋代鄭樵在《通志六書略》中將「杲、東、杳」、「本、末、朱」、「旻、旼」等字列爲「互體別聲」、「互體別義」的轉注。元朝戴侗作《六書故》也專以字形的反正倒側爲轉注：「何謂轉注？因文而轉注之，側山爲自，……，反子爲去之類是也。」龍師對此派說法的評論是：「依舊日六書說解，杲東杳並是會意字，末朱本並是指事字；於本書則六者並屬表意，都是自語言的『義』著想而

造成的文字。其中本末二字，橫必分施於木下或木上，正是會意字正確利用位置關係，以達到表意目的的慣見手法。朱字義爲赤心木，施橫於木字中央，仍不脫利用位置關係以見意的意思，自都與轉注了不相干。至於杲東杳三字，亦僅一東字从日而不必在木中。然其字本不从日，此雖非鄭氏所能知；姑據从日而言，其所採不同於杲杳二字的結構方式，初不過通過約定手法，憑藉不同形狀以分別音義。形聲字如忙忘、怡怠、暈暉之類，亦時時賴以別音別義。可見此種現象，實不得於六書的層次佔一席位，鄭氏說以爲轉注，自是誤解。……旻旼二字並是形聲，互其體則正如忙忘、怡怠之異，只是爲了別嫌，二者間並無轉化關係，自亦不屬六書之轉注。」〔註 19〕戴侗所舉的「側山爲𠂤」、「反子爲𠫓」等例也不正確：𠂤字甲文作、，金文作，卜辭中用以表師旅之稱名，爲「師」之初文〔註 20〕。山字甲文作，字形、字義皆與𠂤字無關。「𠫓」字《說文》云：「不順忽出也。从倒子。……𠫓即易突字也。」或體作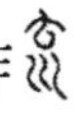。古書中未見使用此字。取《說文》中从𠫓或从㐬的「毓」、「棄」、「流」等字來看；「毓」甲文作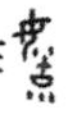，象產子形，同「育」；「棄」甲文作，小篆作，象兩手持箕棄子之形，二者所从原只是「子」字；「流」本作，象人上伸兩手從流而下之形，與「子」字無關。龍師說：「所謂从倒子的𠫓字，緣於漢儒見毓棄等字从倒子之形而不得其解，望文生意，將當時語言中的『突』強加其上，而平添一字。」〔註 21〕此外，從徐《箋》所列的幾個字例來看，「反𠂇爲又」並不正確，甲骨文中，又、𠂇皆象手形，正反無別，只有左右對稱時，才區分又爲右、𠂇爲左；「正」是指靶中鵠的，所以受矢，「乏」是靶後拾矢者所持之物，所以禦矢，受矢與禦矢作用相反，故取正字反書爲乏，亦即利用現有文字加以改易而成，可使人經由聯想而知其義，屬表意（會意）字；上、下也是表意字，其以線條示意〔註 22〕。這些字都不該歸類於轉注，由此可知其說並不正確。

〔註 19〕見龍師宇純著，《中國文字學》，第 146 至 148 頁。
〔註 20〕見徐中舒編，《甲骨文字典》，第 1500 頁。
〔註 21〕同註 19，第 282 至 283 頁。
〔註 22〕「正」與「乏」之例見龍師宇純著，《中國文字學》，第 108 頁。

二、探部件解說之失

徐《箋》有採用他人之說來解析一些字的字形、部件。然而，將他採用的說法與甲、金文對照後，知其說不符合字之本形，故有部件解說之失。如徐《箋》於「言」字曰：「鄭樵《六書略》曰：▧从二（上）从舌，『二』古文『上』字。自舌上而出者，言也。其說自通。」實際上，言字甲、金文作▧、▧，从舌，上只有一橫，全無从「二」（上）字的。告字《說文》：「告，牛觸人，箸橫木，所以告人也。从口从牛。」段《注》說：當从口牛聲。徐《箋》採用戴侗之說，以明此字應是从牛从口。告字甲文作▧、▧、▧等形，牛字甲文則作▧、▧、▧等形，可知告字本不从牛，無論是段《注》的「从口牛聲」，或徐《箋》所謂的「从牛建類，从口指事」皆不正確。歷來清儒、學者眾說紛紜，但未成定論。龍師說：「原本不从口，亦不从牛，上象樹枝形，下象陷阱。陷阱本為捉捕野獸，恐人誤入，以樹枝標識之，語人勿踐履，故其字義為告曉，此友人張以仁教授告字探源說，蓋不可易。唯余由諧聲觀之，告聲字或讀見系，或讀精系，見精不相及，疑見系所以為告曉字，其形正如前說，精系所從，若造字及見於句兵銘之諸造字（如：▧、▧、▧等），則別為行灶字，下象灶炊，上象生火之樹枝，與告曉字適同一形而已，是故句兵之造，亦或但書作告。」〔註23〕

又如「叚」字。茲將「叚」字詳列如下：

叚 叚

《說文》：借也。闕。▧古文叚。叚譚長說叚如此。

徐《箋》：《注》曰：人部假云：非眞也。此叚云：借也。然則凡云假借當作此字。……闕謂闕其形也。○《箋》曰：承氏培元曰：按篆文當入皮部，从皮二。灝按：承說似是古用皮幣二以相叚也。

紹慈謹案：此字在字形解析上，《說文》、段《注》皆謂「闕其形」，徐《箋》則引承培元之說而補充「古用皮幣二以相叚」的說法。「皮幣」是鹿皮與束帛，古時諸侯以為聘享之物。然而「皮」字金文作▧、▧，「叚」字金文為▧、▧，二者全無相似、相關之處，故可知徐《箋》引承氏之說為非。

〔註23〕見龍師宇純作〈說文讀記之一〉，《東海學報》，第三十三卷，1992年。

第四節　徐氏立說之失

一、談六書之失

　　傳統六書說的會意與指事本就糾纏難分，所以徐《箋》也犯了如下的兩項錯誤：

（一）、以會意為指事之失：

　　徐灝認爲指事中有一種情形是：合主從關係或述補關係的二個獨體字成指事。如祭字徐《箋》曰：「凡合二字、三字以見意者，皆爲會意。自序曰：『會意者，比類合誼，以見指撝，武信是也。』武從止戈謂能止人之戈也，信謂信使，故從人言，使人傳言也。故曰：止戈爲武，人言爲信。祭從示從又從肉，以手持肉而祭也。若玉部珥、金部釦之類，則指事而非會意也。蓋珥者，玉在耳上也；釦者，金飾器口也，然不可謂之玉耳、金口，故從金玉建類而從耳從口指事，亦兼用爲聲，學者當分別觀之。」又生字徐《箋》曰：「聲與出同義，故皆訓爲進。從屮在土上指事。」臽字《箋》曰：「從人在臼上，蓋指事也。」亦即由二個獨體字合成，而這二個獨體之間或爲主從關係，如：珥、釦；或爲述補關係，即以一個意符代表實施動作的主體，另一個意符代表動作發生的環境或相關條件，如「臽」的字形表示人掉在陷阱裏，又如「生」的字形以長在土地上的草來表達字義。徐灝認爲此類字和會意字的不同在於：組成會意字的獨體字，彼此之間是並列的關係，可連文爲意；組成指事字的獨體字之間則是主從關係或述補關係。

　　然而，徐灝所列舉的這些文字，本質上是否眞屬於「指事」？《說文》對「珥」及「釦」的解說是：「珥，瑱（瑱：以玉充耳）也，從王（玉）耳，耳亦聲。」「釦，金飾器口（段《注》：今俗所謂鍍金也），從金口，口亦聲。」朱駿聲云：「玉之在耳者曰珥，故字從玉耳會意，亦以耳爲聲，故爲會意兼形聲字。」（見《說文通訓定聲》）朱氏之說並無不可，如閨字說文云：「特立之戶，上圜下方，有似圭，從門圭，圭亦聲。」「婢，女之卑者也，從女卑，卑亦聲。」也都屬會意兼形聲字。此外，「生」甲文作 㞢、 㞢 ，象草木生出土地上。「臽」甲文作 ，表示人掉在陷阱裏。（甲骨文中，凵 也象坎穴，如「出」作 ）。「生」與「臽」皆是利用現有文字，構成畫面而取意，實屬表意（會意）字。故徐灝

將這些字例歸類於指事，並不正確。

此外，本爲會意字，卻被說爲指事的，還有「刃」、「矦」、「臥」等字：

刃字《說文》：「刃，刀堅也，象刀有刃之形。」「刃」字是利用現有文字「刀」，加一點表示刀鋒所在，應屬表意（會意）字。徐《箋》以「从一指事」，來說明「刃」的造字本意。此類傳統的解釋，本就是誤會部分會意字爲指事。

矦字《說文》：「矦，春饗所射侯也。从人。从厂，象張布，矢在其下。」矦字甲文作 𤣥、𠂤。段《注》、徐《箋》認爲：「从厂象張布形，矢在其下」，此說字形構造無誤。而徐《箋》對「矢在其下」增加了指事的說明。「矦」字甲文的厂即象射侯之形，然而只作厂，其意不明顯，以矢加強表形之目的，故應屬「表形（厂）爲主，加表意（矢）爲輔」的表形字。只需把指事看成會意，徐《箋》的說法便是對的。

茲更說臥字於下：

臥　𠂤

《說文》：臥，休也。从人臣，取其伏也。

徐《箋》：《注》曰：臣象屈服之形，故以人臣會意。○《箋》曰：臣象屈伏之形，故曰从臣，取其伏。此指事，非會意也。若云會意，則是人臣爲臥矣，其可乎？

紹慈謹案：李孝定先生說：臥字訓休，象垂首假寐形，監字頌鼎作𤔲，象垂首鑒影可證。从臣乃因臣面君時，不敢平視，其首恆下垂，自側面視之，首垂則目像豎立之形，因而取義〔註24〕。徐灝云：「若云會意，則是人臣爲臥矣，其可乎？」若循信字（人言爲信）、武字（止戈爲武）等「會合起來直取其意」的方式來說臥字，當然不合。但會意（表意）字不只信、武這一類，還有用文字構成畫面而取意的，如甲骨文飲字作 𩚅（詳見第一章第三節）。臥字即是以畫面取意的會意字。

（二）、說「指事兼會意」之失

徐灝認爲有「指事兼會意」者，如旦字徐《箋》曰：「从日在一上，日初出地

〔註24〕見李孝定著，《讀說文記》，第211頁。

平時也。此指事兼會意。」旅字《箋》曰：「戴氏侗曰：竝人在㫃下，以旗致民之義也。……灝按：此指事兼會意也。」然而「旦」是於「日」下加一橫，表日出地平時，如同「本」用「木」加一橫示樹根部位，皆是利用文字加以增損改易而表意。「旅」字甲文作，从㲉在㫃下，會「以旗聚眾」之意。「旦」與「旅」實為會意字。

徐灝之所以有此說，是受傳統指事界說的影響，以「視而可識，察而見意」詮釋「會意」，似無不可，看不出「指事」與「會意」的分別所在。傳統指事與會意都是根據語言的義造成的字，本不能分，以「兼」說之，自然是無意義的。「指事兼會意」一說正反應了：《說文》六書不易明確劃分之缺點。

徐《箋》誤說為「指事兼會意」的字例，還有「庶」字：

庶　庶

《說文》：庶，屋下眾也。从广芡，芡古文光字。

徐《箋》：《注》曰：諸家皆曰：庶，眾也，許獨云：屋下眾者，以其字从广也。○《箋》曰：《爾雅》曰：庶，侈也。侈者，眾多之義，因之軍士謂之庶士。……此篆疑从廿从火，火指比屋炊爨。廿者，眾也，指事兼會意。

紹慈謹案：金文作、。林義光《文源》以為从火，石聲。李孝定先生認為林說於義似較勝，並說字之本義蓋言火盛，引申而有眾義。又案之金文，無一从（广）者，則屋下之訓無據〔註25〕。龍師說：此字本从火石聲，石與庶古音相為去入，《說文》拓或作摭，古書跖蹠二字通用不別，並可為庶从石聲作證。小篆變為庶。石字雖然習見，見於文字偏旁，除磊字情形特殊外，無有以其字居字之上端者，而、二字上端與石字形近，广字且多用於偏旁，偏旁中廿恆變為廿，故庶字終而受其影響，變石（）為。《說文》云庶字「从广芡，芡為古文光字」，按之金文，光字無作或者，實強為說辭〔註26〕。故庶字當為「从火石聲」的形聲字，徐說有誤。

〔註25〕見李孝定著，《讀說文記》，第230頁。
〔註26〕見龍師宇純著，《中國文字學》，第295頁。

二、說形近相借之失

徐灝認為古代有「形近相借」的現象，並舉「以屮為艸」「以亐為 亏 」等例，理由是：「其音雖異，而字形與文義可以望而知之。如鐘鼎文『惟幾年』，『惟』多作『隹』，人皆知為惟之假借，故可相通也。」（徐《箋》「亏」字）然而，惟與隹的情形不同於「以屮為艸」「以亐為 亏 」。「隹」與「惟」有音近的關係，「隹」為職追切（照母），「惟」是以追切（喻母），上古韻部皆屬微部，照母、喻母上古聲母為 zh 複母，與照三可以發生關係，故繶（之若切）字從敫（以灼切）聲，醜（昌九切）字從酉（與久切）聲，皆可以比照。亦即其假借是建立於音近，而非形近。實際上，音義同徹的 屮 本以艸形象徵通徹之意，與月又為夕相同，不得謂形近相借。亐與 亏 （于）則是形近相混，皆非假借。

三、說部件之失

徐《箋》於有些字的部件解說有誤。其中包括他批評段《注》（段說有誤），而另外提出說法的，但他的說法也有問題，故亦屬於「立說之失」。如：

老字《說文》：「老，考也。七十曰老。從人毛匕，言須髮白也。」段《注》云：此篆本從毛匕，非中有人字。徐《箋》則仍探許說。老字甲骨文作 ?、?、?、?，孫海波、李孝定等學者皆認為字形是象人扶杖形〔註27〕。金文作 ?、?，所倚之杖漸訛為匕（化）。匕疑為手形之變，考老本一語，聲母為 kl-，後以有杖者為考字，而《說文》以為亏聲。

盟字《說文》：「盟殺牲歃血，朱盤玉敦，以立牛耳。」段《注》說為「從囧皿聲」，徐《箋》則認為「從血囧聲」。盟字甲骨文作 ?、? 等形，皆從囧皿聲，不從血。金文作 ?、?、? 等形，其字形與甲骨文同；或從皿朙聲，或從血朙聲。盟、明、皿三字古音皆屬陽韻，聲類亦同。龍師說：盟字本從皿，囧（即明字）聲。盟字甲、金文本皆從皿，因盟必「殺牲歃血」，致有的字形變為從血〔註28〕。故「盟」字應是「從皿，囧（明）聲」，而非徐《箋》所說之「從血」。

茚字《說文》：「茚，相當也。闕，讀若宀。」段《注》云：「《廣韻》曰：今

〔註27〕孫海波之說見〈卜辭文字小說〉，《考古學社社刊》，第三期 59 頁。李孝定之說見《讀說文記》，第 214 頁。

〔註28〕龍師之說引自丁亮的碩士論文《說文解字部首及其與從屬字關係之研究》，第 106 頁。

人賭物相折謂之帀。……闕謂闕其形也。」徐《箋》增列戴侗之說：「予宦越覽訟牒有帀折語，正音宀。」他並根據《廣韻》、戴侗等說法，推論：此字從「巾」，「繭」用此爲聲。帀字不見於甲金文。龍師說：許慎說的「相當」有對稱義。段《注》說其闕形，應是缺音。此字可能是從分析「繭」字來的。古文中「繭」本作𢇁，後來訛變爲𧲛，類似情形的如：𦷒變爲𦸚（葡）。又「糸」（𢆶）旁字金文或作𢇁，如「綽」作𦃃；古文作𢆶。由此可知，字形的構成成分並非徐灝所說的「從巾」。

音字《說文》：「音，聲也。生於心，有節於外，謂之音。……從言含一。」段《注》云：「從言含一，有節之意。」徐《箋》曰：「從言者，言心之聲也。從一者，無相奪倫之意。」龍師說：「《說文》音下云『以言含一』，段氏解釋說：『一，有節之意。』顯是附會爲說，甲骨文言音二字同形，金文音字亦或作𠭥；說文吟字或體作訡，又或作𠰸，可能亦爲言音二字其始同形的孑遺。然則舌言音三字，大抵形體上起初僅舌言二字有別，言音二字音讀的不同，則由其上下文決定。於『𠭥』內更加一橫爲音字，又屬後起的別嫌方法。」〔註29〕音字下方的一橫本無義，徐《箋》所謂「從一者，無相奪倫之意」也是附會之說。

周字《說文》：「周，密也。從用口。」段《注》云：忠信之人無不周密，而周密與否，皆看是不是善用其口，故從口。徐《箋》反對段說，認爲：「用口未詳，口疑𠙵之誤耳。」周字甲骨文作𠀐、𤰭等形，周原甲骨文作𤲃，金文或與甲骨文同，後或增口作𡆥、𤲃。周法高先生認爲「周」象田中有種植之形〔註30〕。龍師說：「疑其（周字）本義爲四周，以田有四界，即取田字見意，故其字與田字共形，後因四隙而加四點，以與田字區分。」〔註31〕朱歧祥先生說：周原甲骨作方國名的周字都從口作𡆥〔註32〕。由此可見徐《箋》之說也不正確。

四、說本形本義之失

對於有些字的本形本義，徐《箋》另有見解，但其說不正確。如：

家字《說文》：「家，居也。從宀豭省聲。」段《注》云；「此篆本義乃豕之居，

〔註29〕見龍師宇純著，《中國文字學》，第 204 頁。
〔註30〕見周法高編，《金文詁林》，第二冊（卷二）第 675 頁。
〔註31〕見龍師宇純作〈說文讀記之一〉，《東海學報》，第三十三卷，1992 年。
〔註32〕見朱歧祥著，《周原甲骨研究》，第 56 頁。

引申爲人之居。」徐《箋》批評段說，並認爲：「家从豕者，人家皆有畜豕也。」家字甲骨文作⊕、⊕，金文作⊕、⊕、⊕等形。《說文》云家「从豭省聲」，似不可思議，龍師說：「語言上家與豭具孿生關係，古初無室家之制，男子就女子而居，猶豭之从婁豕，故即以豭喻男子，而家的名稱遂由此衍出。……象形的豭字（甲、金文所从即豭之象形）既已爲豭字取代，家字篆文變爲从豕，於是易⊕聲而爲豭省聲，其（案指《說文》）說當有所從出。」〔註33〕段《注》、徐《箋》之說皆不很正確。

　　異字《說文》：「異，分也。从廾从畀。畀，予也。」段《注》云：「分之則有彼此之異。」徐《箋》認爲：異字的本義爲「怪異」，怪異則不同，故有分異之偁，亦即「分異」是引申義。「異」字甲骨文作⊕、⊕，金文作⊕、⊕等形。李孝定先生說：「異乃象人首戴甾之形。」〔註34〕龍師贊同李先生之說，並另作補充說明：「異字原作⊕，象人兩手在頭側之形。其形既不如《說文》所分析，其義自不得爲『分』。以聲類求之，應爲戴字初文，引申爲扶翼、蔽翼之義。異翼戴三字古聲韻母並相近。於是知字作分解者爲音之假借，而變異、怪異更是此假借義的引申義。」〔註35〕徐《箋》之說並非異字的本義。

　　八字《說文》：「八，別也。象分別相背之形。」徐《箋》受許說影響而云：二與八一縱一橫皆分析義也。龍師說：「許君於諸數名字，獨八字不說爲數名，此因分析部中諸字皆從八爲分別義，遂云『八，別也』。八字實無分別義，部中諸字從『八』取分之意者，（若爾、曾、尚、豕諸字從『八』實無取於分意），亦不必即爲八字。段《注》云：『今江浙俗語，以物與人謂之八，與人則分別矣。』此傅會爲說。張舜徽《約注》云：『今湖湘間稱以物與人謂之把，當即八字。』把與八音固不同也。余謂八即數名之八，約定爲字，義無可言，凡四以上至十諸字俱如此，余稱之指事。」〔註36〕徐箋所謂「於文象分別相背之形，……一縱一橫皆分析義」，亦是附會許說。

　　夕字《說文》：「夕，莫也。从月半見。」。徐灝認爲「夕」象初月之形，即古

〔註33〕同註29，第345至346頁。
〔註34〕見李孝定著，《讀說文記》，第68頁。
〔註35〕同上註，第11至12頁。
〔註36〕同註31。

「朔」字，後來假爲朝夕之夕，表夜晚之意。「朔」字《說文》云：「月一日始蘇也。」段《注》曰：「晦者，月盡也，盡而蘇矣。」其意指月初新月時。然而甲骨文中月夕同形，此乃因月見於夜，於是以 ☽、☽ 的象形字喻與其相關之某意，使人由聯想而得知。卜辭中「夕」表夜晚時，非專指新月時，故朝夕之夕即爲本義，非徐《箋》所說之假借義。

五、說省形省聲之失

徐《箋》對部分省形省聲字提出解說，但有的未能眞正指出省形省聲的原因，有的說法有誤。如：

會字《說文》：「會，合也。从亼从曾省。曾，益也。」段《注》僅云：「三合而增之，會意。」徐《箋》則對「从亼从曾省」增補他的看法：「合者併也。合併則有所增加，故从亼从曾省。曾猶重也，猶重疊相合也。」「會」字金文作🖾、🖾、🖾等形。象器蓋相合之形，中表所貯物。故其義與「合」有關。又「曾」金文作🖾，朱芳圃謂「曾」即「甑」之初文象形。李孝定先生贊同朱氏之說〔註37〕。龍師也認爲：「會」與「曾」（甑）字形有關。此外，陳初生等說「會」象曾（甑）上有蓋之形。〔註38〕故知《說文》「从曾省」之說可從。徐《箋》的「曾猶重也」未能明確說明「从曾省」之原因。

倉字《說文》：「倉，穀藏也。从食省，口象倉形。」徐《箋》增補他的看法：「口象倉形，其形略，故从食省，🖾與食之篆體小不合，蓋相承筆跡小異也。……蓋从食指事，亦兼取其形。」倉字甲、金文皆作🖾，🖾表「戶」，其字上下爲🖾，即「合」，故「倉」乃从合从戶。李孝定先生說：「🖾即合，即盒之古文，上象蓋，下象器，蓋倉之爲物，與盒形相類，故即以之爲形符。……倉庫之倉，其義亦由小型容器所引申也。」〔註39〕「食」字甲文作🖾、🖾，金文作🖾，象有蓋的盛食之器。由二者甲骨文之形比較來看，並非如許說及徐《箋》所云之「从食省」。

〔註37〕見李孝定著，《讀說文記》，第 18 頁。
〔註38〕見陳初生編，《金文常用字典》，第 575 頁。
〔註39〕同註37，第 143 至 144 頁。

六、說語源之失

徐《箋》將部分字說爲「凡從某聲多有某義」，此乃運用「右文說」作語源上的研究。然而，在作這方面的探究時，須注意語義上的差異，作全面客觀的分析歸納，不能隨意認定「凡從某聲多有某義」，才不致以偏概全。沈兼士即指出此一問題：古文之字，變衍多途，有同聲之字而所衍之義頗歧別者，如「非」聲字多有分背義，而菲、翡、痱等字又有赤義；「吾」聲字多有明義，而齬、啎、圄等字又有逆止義，其故蓋由於單音之語，一音素孕含之義，不一而足，諸家於此輒謂「凡從某聲皆有某義」，不加分析，率爾牽合，執某一而忽其餘矣〔註40〕。徐灝於分析從「喬」之字時，即是分成表「高」意與表「曲」意兩類，所言甚是。然而在姣字下說：「凡從交聲之字，其義多爲長。」但實際上，「姣、佼」應解釋爲「美、好」，從交聲之字還有如：烄、絞、皎、狡等，「烄、絞」有「交接、相交」之意，「皎」有白之意，「狡」有「詐」之意，由此看來，「從交聲之字，其義多爲長」之說有待商榷。

又徐《箋》認爲：有的字與其聲符具有「因聲載義」的關係，如企字。但企字應是會意字，非徐氏所說的形聲字。茲將企字詳列於下：

企 𠱸

《說文》：企，舉踵也。从人止聲。𣥏古文企，从足。

徐《箋》：《注》曰：止聲，非也。止即趾字，从人止，取人延竦之意。○《箋》曰：止聲正所謂因聲載義。

紹慈謹案：徐灝以「因聲載義」來論「止」字與「企」字的關係，意指「企」字兼具「止」字的音、義。然而從音的方面來看，止（諸市切）的聲母屬齒音的照母，古韻在之部；企（去智切）的聲母屬牙音（舌根音）的溪母，古韻在佳部。彼此相差甚遠，應不從止聲。此外，李孝定先生說：「（企字）契文作𠬞，人止爲一整體。……止之非聲，小徐《繫傳》及清儒多已言之。」〔註41〕裘錫圭也說：「企

〔註40〕見沈兼士作《右文說在訓詁學上之沿革及其推闡》（刊載於《中央研究院歷史語言研究所集刊》外編第一種）。
〔註41〕同註37，第202頁。

望本就是踮起腳望之意。字形在人形下加趾形以示意。」〔註42〕由此可知，徐《箋》之說有誤。

〔註42〕見裘錫圭著，《文字學概要》，第 151 頁。

第五章　結　論

第一節　徐《箋》意見之總結

　　由前文可知，在六書歸屬、字形、字音、字義及文字孳乳等方面，徐《箋》都有其看法。有的以許說、段《注》爲基礎，贊同或反對之；有的則與許說、段《注》無關，屬於他個人的見解。以下就他在各方面的重要意見，分爲：

　　（一）、「觀念正確」（包含「沿用正確的説法」及「徐氏立說的優點」）

　　（二）、「觀念錯誤」（包括「採用錯誤的説法」及「徐氏立說的缺失」）

　　兩類，作一整體的總結與述評。

一、說六書

（一）觀念正確者：

1、象　形：

　　（1）徐《箋》曰：「（許書）但云象形者，乃爲全體象形。」可見主張「全體象形」，如「日」、「豆」等。

　　（2）「造字因其形簡略難明，故加偏旁建類。」指出文字單靠象形不能明白表示其形象，須增加其他形體來補足者。此種現象即龍師所說的「兼表形意」字：以表形部分爲其主體，以表意部分爲輔。類似的例子，如「石」形爲「口」，和口耳的「口」無法區別，故增「厂」爲石。還有如「果」本作田，和田地的田難

作區分，故加「木」明顯其義。

2、會　意：

（1）沿用一般說法，認為：「凡合二字、三字見意者，皆為會意。」

（2）主張「凡取一字分析之，或詰詘之皆會意。」如「夨」（《說文》：「夨，傾頭也。」）、「禾」（《說文》：「禾，木之曲頭，止不能上也。」）等。

3、形　聲：

徐《箋》認為形聲字是結合義符和聲符而成。並將「聲符兼義」者，歸類於「因聲載義」，和「聲符不兼表義」的形聲字作區分。他說：「因聲載義有『禷从類聲』、『祫从合聲』之類，是義之見於諧聲也。亦有只用為聲而不必深求其義者，如江河松柏之類。」（《說文》：「禷，以事類祭天神，从示類聲。」「祫，大合祭先祖親疏遠近也。从示合聲。」）

4、轉　注：

不同意段《注》以互訓為轉注。

5、假　借：

不同意段《注》混引申、假借為一。徐灝言假借，凡義有關者，即不以為假借。

（二）觀念錯誤者：

1、象　形：

反對段《注》「合體象形」說。段《注》「合體象形」說，其實與徐《箋》說的「因其形簡略難明，故加偏旁建類」之現象相同，皆為前述的「兼表形意」字。可惜徐《箋》未能有此認識。

2、指事、會意：

混指事、會意為一。認為組合為會意的獨體字，彼此間為并列的關係。若是主從關係或述補關係，即為指事。如此的界定，實難分辨何者為會意，何者為指事。

3、轉　注：

採戴侗「以轉體為轉注」之說，所舉字例，其實皆屬「利用現有文字加以改易（包括轉體）」的表意（會意）字。如「反正為乏」、「反上為下」之類。

4、假　借：

徐灝認爲古代有「形近相借」的現象，並舉「以中爲屮」、「以ㄎ爲于」爲例。實際上，音義同徹的屮本以艸之生長象徵通徹之意，與月又爲夕相同，並非形近相借。ㄎ與于（亐）則是形近混用。

二、說字形

（一）、觀念正確者：

1、形體演變方面

（1）主張字形有因別嫌而改變筆勢的：

如「王」與「玉」的篆體相近，以中畫近上別之。「禾」以直書微屈而別於「米」。

（2）主張字形有因形近而化同（訛變）之現象：

如「栗」從「西」乃「卤」之訛。「龜」與「黽」篆體皆从它（它），是因形相似，非取「它」爲義。

（3）主張字形的方正化：

徐灝明示小篆有「變而方之」的字體風格，又說：電字，金文本作ㄑ，小篆整齊之，作申。

（4）主張偏旁的位置、寫法與結體原則有關：

徐《箋》認爲偏旁的寫法、位置與這兩項原則的關係密切，因此他說：「目篆本橫體，因合於偏旁而易橫爲直，如罳、罘等字則不改。」合體字有使結構緊密方整的結體原則，而會意字還須以偏旁位置的關係來顯示字義。

（5）指出循化現象：

徐《箋》提及有的篆文字形，與該字的鐘鼎文、古文之形相差很少，如他說：气字「古蓋作气，篆文小變其勢。」月字：「鐘鼎文作ㄅ，小篆相承作夕」。徐灝注意到的這些情形，實爲古漢字形體演變的重要現象之一。部分文字在演變過程中，只是筆畫的書寫方式或偏旁位置有些許改變，而其結構始終保持字形與字義的聯繫。因此，中國文字雖已經歷數千年的流傳，字體也有數次變遷，但部分古文字，至今仍能和楷書對照而得以辨識其義，主要原因即在於循化。

（6）指出繁化現象：

如徐《箋》說：「鉞即戉，相承增偏旁。」此乃加意符顯明字義。於网字說：「网，其形略，故又作罔，從亡聲。」屬於加聲符的繁化。

2、省形省聲：

（1）徐灝說：省形省聲有「省之而可識者」，如「羆從熊從罷省」。又說：玉字古文珏「因合於偏旁而省二垂，故作王。」於疒字下曰：「凡從疒之字，因上下相合，故省其中，與老部之屬省作耂同例。」「因合於偏旁而省其二垂」、「因上下相合，故省其中」表示某字在單獨成字和作偏旁時，寫法會有差異。徐《箋》此說實為文字中的常見情形。形成此現象的原因有二：其一，考慮實用的簡化，凡字單獨使用時，因引起混亂的可能性較大，故需重視筆畫的完整；及其用為偏旁時，只要能表現字義，筆畫可較簡省，使書寫較方便快速〔註1〕。其二，為顧及方塊字的藝術特性：為免字形過長或過寬，當偏旁組合時，常會省略部分筆畫形體，以求字形結構的緊密〔註2〕。

（2）注重探討省形省聲字的形成過程，而非只從字形上作判斷。徐灝對省形省聲有一獨特的見解：提示因語言孳生或文字假借形成轉注字的特殊關係，如他說：「齊齋古今字相承增示也。」《說文》：「齋，戒潔也。」「齊，禾麥吐穗，上平也。」由此看來，知齊字和「齋」的字義無關，但聲韻有關（同屬舌尖音、脂部）。甲、金文無齋字，「齋」作「齊」的例子見於〈論語·鄉黨〉：「齊必變食」〈禮記·曲禮〉：「齊戒以告鬼神。」或初以音近的關係而假借齊字來表示，後增意符示旁，即徐灝所說「相承增示」。又如駒字《說文》說為「從馬，的省聲」。徐《箋》曰：「古無駒字，假『的』為之，后人乃易馬旁，非直造駒字從馬勺聲，此類不可不知。」故可知，徐灝注重探討一些《說文》省形省聲字的形成過程，並從中加以分析辨別。

3、提出古文字有「義近形旁互用」的現象

徐灝說：「從隹從鳥多互用。」（徐《箋》「隹」字）「從口之字多互從言」（徐《箋》「肉」字）在他之前，少有人提及這種想法，段玉裁僅說過「覬與覭音義皆同。」「越與辵部遣字音義同」之類的言論。現代大陸學者高明也說：據他

〔註1〕參見龍師宇純著，《中國文字學》，第260頁。
〔註2〕同註1，第336至337頁。

的研究所知，古人極少論述此一現象〔註3〕。

　　中國文字從古至今皆存在著：部分意義相近之形旁，在一些字中可彼此相通用情形，稱爲「義近形旁通用」或「義近形旁多互用」。其常見於異體字中，在甲、金文不固定的寫法中，也可見此現象。如金文中厂、宀、广形旁相通用，因在古文字中，宀、厂、广皆有表住屋之意。（《説文》：「厂，山石之厓巖，人可居。象形。」「广，因厂爲屋，象對刺高屋之形。」）如金文庭字作❑、❑、❑等形，安字金文作❑、❑，廟字作❑、❑。又如从禾之字可从米，如「稻」金文作稻、❑，「稉」或作「粳」（〈漢書·揚雄傳〉：「馳騁稉稻之地。」〈史記·滑稽優孟傳〉：「祭以粳稻。」）這些字的形旁雖有變動，字義字音並不會因此發生任何改變，且字形結構能從同一角度作合理的解釋。

　　由於意符（形旁）表達的是與它所構成文字之字義有關或相近的意思，所以有時某些字可以一些義近的偏旁來取代，而無礙人們對字義的認識。如莫字，甲文作❑或❑；獻字金文多作❑，从鼎，或作❑，从鬲。通常是爲書寫簡便或使字義更具體明顯而形成的。

　　徐灝所謂的「从隹从鳥字多互用」、「从口之字多互从言」，在古文字及小篆中可看到不少例子。如：《説文》：「雞」籀文作「鷄」。「雕」籀文作「鵰」，信字《説文》古文作❑，小篆作❑、吟字小篆作❑、❑。

（二）觀念錯誤者：

　　徐《箋》對不少字提出正確的部件解說，對一些省形省聲字也有合理的解釋。然而，有部分字的部件解說，或省形省聲字的說明，徐《箋》採用許慎或其他人之說，而這些說法，並不正確。如爲字引用孔廣居之說：「上从二爪，下腹爲母猴形。」老字沿用許慎之說：「从人毛匕（化），言須髮白也。」倉字也沿用許說的「从食省」。這些說法對照甲、金文後，可知其有誤。

三、說字義

（一）觀念正確者：

〔註3〕見高明著，《中國古文字學通論》，第109頁。

1、據本義言引申義：

（1）或贊同段《注》之說，如既字《說文》云：「小食也。」段《注》、徐《箋》皆說：引申義為盡也、已也。

（2）或提出己說，如徐《箋》於章字曰：「樂曲十篇為一章，此章之本義，因之為篇章，引申為條理節目之偁。」

2、指出段說之誤：

如工字段《注》說「如愼人施廣領大袖以仰涂，而領袖不污。惟孰於規矩者，乃能如是。」徐《箋》則指出此字本「象為方之器」。又如丁字段《注》沿用許說「夏時萬物皆丁實」。徐《箋》以鐘鼎文字形說明丁即今釘字。

（二）觀念錯誤者：

1、說本義有誤：如以《說文》「八，別也」而附會說「八」有「相背」之義。其實八只是數名。又如徐《箋》說「夕」即古朔字，意指月初新月時。實則「夕」表夜晚，即朝夕之夕。

2、誤將引申義說為本義：如卑字徐《箋》沿用許愼、段《注》之說將貴賤尊卑的引申義說為本義。又如出字徐《箋》曰：「艸木之莖曰出，引申為凡出入之偁。」其實，出字的本義為外出。

四、說字音

徐灝在字音上的見解，不似段玉裁有提出〈六書音均表〉等完整、具系統的說法，只有透過注箋中散見於各字說解的零星資料，才能瞭解徐《箋》的看法。徐《箋》中論及字音的字例，所佔比例及份量不多。在雙聲、合韻、聲變及聲轉等方面，於某些個字例下，徐灝或贊同、或反對段說，有時另外提出己見。從這些資料可看出他的觀點。

（一）觀念正確者：

1、明聲轉關係。

如徐灝說：「不」與「丕」本同音，後來有輕重唇讀音之分，為「一聲之轉」。又如夜字《說文》云：「从夕，亦省聲。」徐《箋》曰：「夜與亦一聲之轉。」「夜」

與「亦」古韻同魚部，聲母皆喻四，只有去聲入聲的差異。

2、贊同段《注》以「讀若」為資料，來證明某些字音相通。

　　如段氏說：「斤聲而讀若希者，文微二韻之合也。」徐《箋》亦持類似的看法。

3、明古今音變之異。

　　如他贊同段說「各古有洛音」。又如徐《箋》於「敫」字下說：從敫之字，廣韻邀、繳等字入「蕭」、「嘯」部，憿、激等字入「篠」、「錫」部，皆聲變之異。

（二）觀念錯誤者：

　　徐《箋》說部分字從某聲，而其說有誤。如吝字，他沿用《說文》「從文聲」之說，但「吝」的聲母為舌尖邊音的來母，「文」的聲母為輕唇音的微母，二者相差甚遠，故在聲方面不能肯定「文」與「吝」有關。此外，他說「利」從「禾」聲，然而前者聲類屬來母，後者屬喉音的匣母，音亦不近，從禾聲之說有待商榷。又他批評段《注》部分正確的注解，如段《注》說「台」與「何」雙聲，徐《箋》不同意，然而求證於古籍資料，可知段說無誤。又如丕字，他批評段《注》改為「鋪怡切」。其實，段氏是想藉此表示：丕字的上古韻部屬於之部（怡字即屬之部），非盡無意義。

五、說字源、語源

（一）觀念正確者：

1、字　源

（1）借字加形旁成新字：

　　如他採王引之的「二名相因增偏旁」說：「凡物二名者，多相因而增其偏旁，如與璠增作璵……朱儒增作侏……此王氏引之之說。」又徐《箋》有自己的主張：「有兩字皆無偏旁而各從其類以增之者。如脊令之為鶺鴒……次且為趑趄……。」其所舉之例皆是初借同音字表示，後來加形旁強調借義，而成專字。

（2）語義引申加偏旁成新字：

　　如徐《箋》說：「古時字少，祇用本字，聲隨義轉，迨孳乳寖多，由引申而別製本字，或相承增偏旁。」又他述及某些字的孳生關係時，也透露此觀點，如「冒」

字他說：「冒」本即表「帽」，引申爲冢冒之義，後爲引申義所專，於是加「巾」作「帽」。

（3）分別字形以歧分：

如他說：晶即星之象形文，古文作 ⿰ 、 ⿰ 二形，因其形略，故又从生聲。精光之訓（《說文》：「晶，精光也。」）即星之引申，後歧而二之。徐氏此段話說明以字形的分別而歧分的過程。

（4）明累增與亦聲之不同：

徐灝提出分別累增字與亦聲的觀念，他說：「凡言从某，某亦聲者，皆會意兼聲，如祏从示从石，石亦聲之類是也。若此禮字則又另當別論，蓋豐本古禮字，相承增示旁，非由會意而造也。」由他舉的例字來看，「禮」是「豐」的累增字，「祏」則是亦聲字，二者確實不同。

2、語　源：

明聲訓之所由：徐《箋》贊同段《注》說「天，顚也」是聲訓，並進一步作說明：「天者，人所共知，勿煩解說。故原其因聲立名之始，而以同聲之字釋之。」意指：聲訓是爲闡發其語言形成之所由，方法是找語音相同的字來表示。他明確地說出聲訓形成的原因，及應具備的條件。

（二）觀念錯誤者：

徐《箋》於部分字誤循段《注》之失，而說爲亦聲字。如祟字，段、徐沿用《說文》「从示从出，出亦聲」之說，但「祟」與「出」在字義上無關聯，音方面也不相近，不符合亦聲的條件。又他將有的字誤說爲：其聲符「因聲載義」，如「企」爲「從人止」的會意字，徐《箋》卻說「從止聲正所謂因聲載義」，實際上，「企」字與「止」字在聲、韻上皆相差甚遠，應不從止聲。

除了上述六書、字形、字音、字義、字源及語源等方面外，尚有一事值得提出：研究《說文》的一個重要課題，就是需瞭解《說文》的體例。段《注》對《說文》的一大貢獻即是發明全書通例。徐《箋》也對《說文》一書的體例提出一些看法。《說文》中最明顯的體例爲「按字形義類分立五百四十部」，這五百四十部將中國文字歸納出有條理的系統。此後，分部統字便成爲中國字書的一重要體制。《說文》的「分別部居」表示：部首與屬字之從屬關係有其依據之原則。探討此

原則，除了可增加對《說文》體例的認識，也能對個別字的瞭解有所助益。徐《箋》在這方面的說法雖不多，卻也不乏一些好的見解。其中有贊同或批評段《注》之觀點的，也有增補己見的部分。如众部段《注》云：「古文作大，籀文乃改作众也。本是一字，而凡字偏旁或从古或从籀不一，許爲字書，乃不得不析爲二部。猶人、儿本一字，必析爲二部也。」徐《箋》也述及類似的情形：「芩、荨本一字，因各有部屬之字，故分爲二。」他有批評段《注》的，如於「屾」下曰：「凡重體字如：艸，百卉也，从二屮；炎，火光上也，从重火之類，皆先言其義，次言其形，此但云二山，則其義闕，段謂但闕其讀若，非也。」徐《箋》增補之說如「『徙』或從止作『跿』，非由隸變，凡兩字音義同而增旁各異，分載兩部首，不可枚舉。」他於「踵」下曰：「足部『踵，追也』與此義異，竊謂踵與踵本一字。足部跟或作䟢，即其例也。」（《說文》：「踵，跟也。」）王力也有類似的說法：《說文》於名詞用「踵」，於動詞用「踵」，是強加分別〔註 4〕。徐《箋》的這些說法，皆有助於瞭解《說文》。

第二節　徐《箋》的價值與影響

一、徐《箋》值得重視之處

徐灝在研究的觀念及態度上，有幾點可取之處：

（一）、有新觀念、多創見：

在徐灝之前，大多重視六書的研究，少有人提及形體演變方面的說法。徐灝則提出不少正確、獨特的見解，如指出字形的循化、方正化；主張字形有因別嫌而改變筆勢的，有因形近而訛變的……等。字源方面，在他之前，也少有人作這方面的探討，徐灝不但注意到文字孳乳的現象，還進一步研究其形成的過程。如段《注》於「雲」下僅說：「古文祇作云，小篆加雨。」徐《箋》則有詳細的說明：「云借爲語詞，故小篆增雨。」又他提出的「借字加形旁成新字」、「語義引申加偏旁成新字」，都是很深入的說法。

〔註 4〕見王力著，《同源字典》，第 493 頁。

（二）、用鐘鼎文或採他人說等新資料，得出正確的解說：

宋代雖已有蒐集金文之風氣，但並未被廣泛地運用在研究字形字義上，許多人仍局限於許慎的說法。如段《注》中幾乎不見引用金文。徐灝能知參考金文，因而在探求本形本義、或部件分析上，有不少說法與現代學者的研究成果很接近。又他也採用他人正確的觀點，如他常引用戴侗根據鐘鼎文所建立的觀點，這除了使徐《箋》有些說法較許說、段《注》進步之外，也使《說文》學的內容更加豐富。

（三）、有頗為科學的研究方法：

如以分析部件來研究文字的本形本義，以比較小篆和金文字形而質疑小篆的字形有訛變，用歸納法去瞭解偏旁與結體原則的關係，故能提出在當時非一般所有的獨特見解。

（四）、有謹慎的研究態度：

徐灝的研究態度頗為謹慎，其說不論是對是錯，多有依據，若是猜測，則持保留態度，決不太過自信，故李孝定先生說：「徐灝《說文段注箋》謂『丬疑即古牀字』，一語破的，然徐君未見古文，未敢臆必，故仍著一疑字，已較各家遠勝矣。」〔註5〕

二、研究徐《箋》有助於瞭解《說文》、段《注》

《說文》是研究中國文字的基礎巨著，段《注》又是公認研究《說文》最佳的輔助著作。然而，隨著甲、金文的考釋成果愈多，便會發現《說文》及段《注》的說法有一些問題，並非完全正確。徐《箋》對許說、段《注》皆有客觀的評論，他肯定《說文》及段《注》許多正確的說法，並加以闡發；也批評許說或段《注》的錯誤，而這些批評大多言之有據，絕非無理的謾罵。因此，胡樸安認為徐《箋》可為讀段《注》之輔〔註6〕。

〔註5〕見李孝定著，《讀說文記》，第159頁。
〔註6〕見胡樸安著，《中國文字學史》，第318頁。

三、徐《箋》的歷史意義及影響

　　徐《箋》具有承先啓後的歷史意義。在「承先」方面，他廣納各家說法，資料甚豐；雖然從表面上（文章形式）只見他對個別字的解說，而不見他有系統性的論述，和段《注》一樣。但經過分析、歸納整理之後，會發現其內容有六書、字形、字音、字義及字源、語源等多方面，可謂涵蓋範圍深廣。這顯示中國傳統文字學研究包含形、音、義的特色。故研究徐《箋》，有助於認識傳統文字學的豐富內涵。在「啓後」方面，徐《箋》超越前人的見解，在當時已是不可多得。根據唐蘭在《中國文字學》中所述：民國以來，文字學的研究內容大體上可分爲兩部分：一部分注重構成的理論，亦即六書，這部分是很流行的；另一部分只注意字體的變遷，如容庚用甲、金文對照字體〔註7〕。可見在民國以前，形體演變上的研究還不多見。從今日來看，徐《箋》在這方面可說是先驅了。

　　現代多位學者已注意到徐《箋》的說法，並加以採用，如李孝定先生的《讀說文記》、張舜徽的《說文解字約注》、大陸學者姚孝遂的《許慎與說文解字》、向夏的《說文解字部首講疏》等皆引述徐《箋》之說。足見徐《箋》在現代也深具影響力。

　　由前述可知，徐《箋》實爲一值得研究的著作。

〔註7〕見唐蘭著，《中國文字學》，第6頁。

引用及參考資料

說明：本論文之參考引用資料依下列的分類排列：（一）民國前典籍、（二）民國後專
書、（三）期刊論文。各類中排列的先後依出版的時間為序。出版年民國一律
換成公元。

（一）民國前典籍

1. 《詩經》（《十三經注疏本》（台北：藝文印書館）。
2. 《禮記》（《十三經注疏本》（台北：藝文印書館）。
3. 《爾雅》（《十三經注疏本》（台北：藝文印書館）。
4. 《史記》（點校本（北京：中華書局）。
5. 《漢書》（點校本（北京：中華書局）。
6. 余廼永校本，《廣韻》（（台北：聯貫出版社）。
7. 戴侗著，《六書故》（《清四庫全書文淵閣本》（台北：商務印書館影印）。
8. （漢）許慎著，（清）段玉裁注，《說文解字注》（台北：天工書局）。
9. 王筠，《說文釋例》（台北：世界書局）。
10. 朱駿聲，《說文通訓定聲》（台北：藝文印書館）。
11. 徐灝，《說文解字注箋》（台北：廣文書局）。

（二）民國後專書

1. 高鴻縉，《中國字例》（台北：三民書局，1960）。
2. 顧藎丞，《實用文字學》（台北：啓明書局，1961）。
3. 謝雲飛，《中國文字學通論》（台北：學生書局，1963）。
4. 胡樸安，《中國文字學史》（台北：商務印書館，1965）。

5. 弓英德,《六書辨正》(台北:商務印書館,1966)。

6. 孫詒讓,《古籀拾遺》(香港:崇基書局,1968)。

7. 唐蘭,《中國文字學》(台北:開明書店,1969)。

8. 顧實,《中國文字學》(台北:文海出版社,1970)。

9. 林尹,《中國文字學概說》(台北:正中書局,1971)。

10. 周法高,《金文詁林》(香港:中文大學出版社,1974)。

11. 楊樹達,《積微居金文說、甲文說》((台北:大通書局,1974)。

12. 陳新雄、于大成等,《文字學論文集》(台北:木鐸出版社,1976)。

13. 于省吾,《甲骨文字釋林》(北京:中華書局,1979)。

14. 孫海波,《中國文字學》(台北:學海書局,1979)。

15. 戴君仁,(《中國文字構造論》(台北:世界書局,1979)。

16. 徐中舒,《漢語古文字字形表》(四川人民出版社,1980)。

17. 沈寶春,《王筠之金文學研究》(台灣大學中文所博士論文,1980)。

18. 陸宗達,《說文解字通論》(北京出版社,1981)。

19. 高亨,《文字形義學概論》(山東,齊魯書社,1981)。

20. 羅福頤,《古璽彙編》(北京:文物出版社,1981)。

21. 江舉謙,《說文解字綜合研究》(台北:自印,1982)。

22. 周法高,《金文詁林補》(台北:中央研究院歷史語言研究所,1982)。

23. 李孝定,《甲骨文字集釋》(台北:中央研究院歷史語言研究所,1982)。

24. 丁福保,(正補合編)《說文解字詁林》(台北:鼎文書局,1983)。

25. 王力,《同源字典》(台北:文史哲出版社,1983)。

26. 黃季剛口述,黃焯筆記編輯,《文字聲韻訓詁學筆記》(台北:木鐸出版社,1983)。

27. 張舜徽,《說文解字約注》(河南:中州書畫社,1983)。

28. 楊樹達,《積微居小學述林》(北京:中華書局,1983)。

29. 陳新雄,《文字聲韻論叢》(台北:東大圖書公司,1984)。

30. 容庚,《金文編》(北京:中華書局,1985)。

31. 楊五銘,《文字學》(湖南人民出版社,1985)。

32. 《林澐,古文字研究簡論》(吉林大學出版社,1986)。

33. 李孝定,《漢字的起源與演變論叢》(台北:聯經出版公司,1986)。

34. 唐蘭,《古文字學導論》(台北:學海出版公司,1986)。

35. 康殷,《古文字學新論》(台北:華諾文化事業出版,1986)。

36. 蔣善國,《漢字學》(上海教育出版社,1987)。

37. 高明,《古文字類編》(北京:文物出版社,1987)。

38. 董同龢,《漢語音韻學》(台北:文史哲出版社,1987)。

39. 王力,《漢語語音史》(台北:駱駝出版社,1987)。

40. 楊樹達,《中國文字學概要‧文字形義學》(上海古籍出版社,1988)。

41. 高明,《高明小學論叢》(台北:黎明文化事業公司,1988)。

42. 文史哲出版社編輯,《漢語古文字字形表》(台北:文史哲出版社,1988)。

43. 李學勤,《文字學初階》(台北:國文天地雜誌社,1989)。

44. 黃德寬、陳秉新,《漢語文字學史》(安徽教育出版社,1990)。

45. 黃建中,胡培俊,《漢字學通論》(武昌:華中師範大學出版社,1990)。

46. 林尹,《訓詁學概要》(台北:正中書局,1990)。

47. 齊佩瑢,《訓詁學概要》(台北:華正書局,1990)。

48. 胡楚生,《訓詁學大綱》(台北:華正書局,1990)。

49. 王力,《中國語言學史》(山東教育出版社,1990)。

50. 徐復,《徐復語言文字學叢稿》(江蘇:古籍出版社,1990)。

51. 王寧、趙誠等,《說文解字研究》第一輯,河南大學出版社,1991)。

52. 董同龢,《上古音韻表稿》(台北:中央研究院歷史語言研究所,1991)。

53. 濮之珍,《中國語言學史》(台北:書林出版公司,1991)。

54. 章季濤,《怎樣學習說文解字》(台北:萬卷樓,1991)。

55. 姜聿華,《中國傳統語言學要籍述論》(北京:文獻出版社,1992)。

56. 江淑惠,《郭沫若之金石文字學研究》(台北:華正書局,1992)。

57. 裘錫圭,《古文字論集》(北京:中華書局,1992)。

58. 王鳳陽,《漢字學》(吉林文史出版社,1992)。

59. 李孝定,《讀說文記》(中央研究院歷史語言研究所,1992)。

60. 謝雲飛等,《第三屆中國文字學國際學術研討會論文集》(輔仁大學出版社,1992)。

61. 任繼昉,《漢語語源學》(重慶出版社,1992)。

62. 何九盈,《中國古代語言學史》(河南:人民出版社,1992)。

63. 周祖謨,《語言文史論集》(台北:五南出版社,1992)。

64. 康殷,《說文部首銓釋》(北京:國際文化出版公司,1992)。

65. 呂景先,《說文段註指例》(台北:正中書局,1992)。

66. 陳初生,《金文常用字典》(高雄:復文出版社,1992)。

67. 蘇寶榮,《說文解字導讀》(陝西人民出版社,1993)。

68. 高明,《中國古文字學通論》(台北:五南書局,1993)。

69. 向夏,《說文解字部首講疏:中國文字學導論》(台北:書林出版公司,1993)。

70. 徐中舒,《甲骨文字典》(四川辭書出版社,1993)。

71. 劉又辛,《文字訓詁論集》(北京中華書局,1993)。

72. 龍師宇純,《中國文字學》(定本)(台北:五四書店,1994)。

73. 陳新雄,《鍥而不捨齋論學集》(台北:學生書局,1994)。

74. 高守綱,《古代漢語詞義通論》(北京:語文出版社,1994)。

75. 裘錫圭,《文字學概要》(台北:萬卷樓,1994)。

76. 詹鄞鑫,《漢字說略》(台北:洪葉文化事業公司,1995)。

77. 朱星,《中國語言學史》(台北:洪葉文化事業公司,1995)。

78. 林慶勳等,《文字學》(台北:空中大學出版社,1995)。

79. 王仁祿,《段氏文字學》(台北:藝文印書館,1995)。

80. 中國文字學會,《第六屆中國文字學全國學術研討會論文集》(輔仁大學出版社,1995)。

81. 余國慶,《說文學導論》(安徽教育出版社,1995)。

82. 于省吾等,《甲骨文字詁林》(北京:中華書局,1996)。

83. 丁亮,《說文解字部首及其與从屬字關係之研究》(東海大學碩士論文,1997)。

84. 王世征、宋金蘭,《古文字學指要》(中國旅遊出版社,1997)。

85. 徐超,《中國傳統語言文字學》(台北:五南書局,1999)。

86. 龍師宇純,《絲竹軒詩說》(台北:五四書店,2002)。

87. 花蓮師範學院語教系,《第十三屆全國暨海峽兩岸中國文字學學術研討會論文集》(萬卷樓,2002)。

(三)期刊論文

1. 戴君仁,〈累增字〉,(《台大文史哲學報》第 11 期,1962)。

2. 戴君仁,〈同形異字〉,(《台大文史哲學報》第 12 期,1963)。

3. 龍師宇純,〈論聲訓〉,(《清華學報》新九卷一、二合期,1971)。

4. 陸宗達、王寧,〈因聲求義論〉,(《遼寧師院學報》,1980 年 6 月)。

5. 陸宗達、王寧,〈淺論傳統字源學〉,(《中國語文》,1984 年第 5 期)。

6. 龍師宇純,〈廣同形異字〉,(《台大文史哲學報》第 36 期,1988)。

7. 林素清,〈說文古籀文重探——兼論王國維戰國時秦用籀文六國用古文說〉,(《歷史語言研究所集刊》58,1(1988))。

8. 高一勇,〈會意字歸部辨析〉,(《語言文字學月刊》,1991 年 3 月)。

9. 溫知本,〈形聲字聲符的位置、結構和標音〉,(《語言文字學月刊》,1991 年 2 月)。

10. 陳建初,〈漢字形體在漢語語源研究中的地位〉,(《語言文字學月刊》,1991 年 11 月)。

11. 張志毅,〈說文的詞源學觀念——說文所釋詞的理據〉,(《語言文字學月刊》,1991年12月)。

12. 宋永培,〈論說文意義體系的內容與規律〉,(《語言文字學月刊》,1992年1月)。

13. 龍師宇純,〈說文讀記之一〉,(《東海學報》三十三卷,1992)。

14. 沈兼士,〈右文說在訓詁學上之沿革及其推闡〉,(《中研院史語所集刊》外編第一種)。

15. 王寧,〈對說文解字學術價值的再認識〉,(《語言文字學月刊》,1992年4月)。

16. 范進軍,〈許學研究的現狀及其發展趨向〉,(《語言文字學月刊》,1992年5月)。

17. 陳五雲,〈論形聲字的結構、功能及其相關問題〉,(《語言文字學月刊》,1992年7月)。

18. 常耀華,〈許學研究綜述〉,(《語言文字學月刊》,1993年12月)。

19. 申子龍,〈中國語言文字之文化通觀〉,(《語言文字學月刊》,1994年6月)。

20. 季旭昇,〈談古文字中的指事字〉,(第八屆中國文字學學術研討會,彰化師大國文系)。1997年3月)。

索　引

說明：《說文》採用徐鉉的大徐本。段《注》採用經韻樓藏本。

徐《箋》採用民國四年補刊本（甲午年桂林初雕）。

筆　劃	字　例	《說文》	段《注》	徐《箋》	本　文
一　劃	一	第一卷上第一頁	第一篇上第一頁	第一卷上第一頁	第六十五頁
二　劃	丁	第一四卷下第八頁	第一四篇下第二十頁	第一四卷下第三十二頁	第八十七、一四四頁
三　劃	上	第一卷上第一頁	第一篇上第二頁	第一卷上第四頁	第六十五頁
	工	第五卷上第八頁	第五篇上第二十五頁	第五卷上第四十六頁	第八十五、一二九頁
	下	第一卷上第二頁	第一篇上第三頁	第一卷上第六頁	第九十二頁
	刃	第四卷下第十五頁	第四篇下第五十一頁	第四卷下第九十二頁	第一〇六、二二九頁
	夕	第七卷上第九頁	第七篇上第廿七頁	第七卷上第五十頁	第一一一、二三八頁
四　劃	牛	第二卷上第三頁	第二篇上第五頁	第二卷上第十頁	第六十三頁
	元	第一卷上第一頁	第一篇上第一頁	第一卷上第一頁	第六十八頁
	厶	第十四卷下第七頁	第十四篇下第十七頁	第十四卷下第廿六頁	第六十八、二〇六頁
	中	第一卷上第十三頁	第一篇上第四十頁	第一卷上第七十二頁	第七十一頁

四　劃	巨	第五卷上第八頁	第五篇上第廿五頁	第五卷上第四十七頁	第七十六頁
	夭	第十卷下第三頁	第十篇下第八頁	第十卷下第十三頁	第八十六、一五四頁
	丑	第十四卷下第十三頁	第十四篇下第廿八頁	第十四卷下第四十七頁	第八十七、一三〇頁
	攴	第三卷下第十三頁	第三篇下第三十二頁	第三卷下第五十七頁	第九十、一二七頁
	八	第二卷上第十六頁	第二篇上第四十頁	第二卷上第七十九頁	第一〇七頁
	乏	第二卷下第一頁	第二篇下第一頁	第二卷下第一頁	第一〇九頁
	及	第三卷下第七頁	第三篇下第十八頁	第三卷下第三十三頁	第一一七、一九五頁
	午	第十四卷下第十五頁	第十四篇下第三十一頁	第十四卷下第五十一頁	第一四八頁
	王	第一卷上第五頁	第一篇上第十八頁	第一卷上第三十頁	第一五六頁
	戈	第十二卷下第十二頁	第十二篇下第三十四頁	第十二卷下第五十五頁	第一八〇頁
	止	第二卷上第十六頁	第二篇上第三十九頁	第二卷上第七十六頁	第一八二頁
五　劃	令	第九卷上第十頁	第九篇上第三十一頁	第九卷上第四十二頁	第六十七、二〇六頁
	出	第六卷下第二頁	第六篇下第二頁	第六卷下第四頁	第七十七、二〇九頁
	疒	第七卷下第十頁	第七篇下第廿六頁	第七卷下第四十三頁	第八十五、一二六頁
	皮	第三卷下第十三頁	第三篇下第三十一頁	第三卷下第五十四頁	第九十八、一三二頁
	矢	第五卷下第八頁	第五篇下第廿二頁	第五卷下第三十四頁	第一〇五頁
	禾	第六卷下第四頁	第六篇下第六頁	第六卷下第十二頁	第一〇七頁
	戊	第十二卷下第十三頁	第十二篇下第四十二頁	第十二卷下第六十五頁	第一一四、一八一頁

五　劃	且	第十四卷上第九頁	第十四篇上第廿九頁	第十四卷上第五十八頁	第一三八、一九四頁
	乍	第十二卷下第十五頁	第十二篇下第四十五頁	第十二卷下第七十頁	第一四二頁
	代	第八卷上第六頁	第八篇上第二十一頁	第八卷上第三十六頁	第一八五頁
	台	第二卷上第八頁	第二篇上第二十頁	第二卷下第三十七頁	第二一七頁
	丕	第一卷上第二頁	第一篇上第二頁	第一卷上第三頁	第二一九頁
六　劃	吏	第一卷上第一頁	第一篇上第二頁	第一卷上第三頁	第八十三、二一一頁
	共	第三卷上第十七頁	第三篇上第三十八頁	第三卷上第七十七頁	第九十四、一二四頁
	老	第八上第十九頁	第八篇上第六十七頁	第八卷上第一二0頁	第九十六、二三四頁
	臣	第三卷下第十頁	第三篇下第廿四頁	第三卷下第四十三頁	第一〇四、一七九頁
	各	第二卷上第十一頁	第二篇上第廿六頁	第二卷上第五十頁	第一一二、一六三頁
	舌	第三卷上第一頁	第三篇上第一頁	第三卷上第三頁	第一二八頁
	名	第二卷上第七頁	第二篇上第十七頁	第二卷上第三十二頁	第一三九頁
	衣	第八卷上第十四頁	第八篇上第四十八頁	第八卷上第八十七頁	第一四二頁
	臼	第十四卷上第十五頁	第十四篇上第五十八頁	第十四卷上第九十九頁	第一六〇頁
	百	第四卷上第七頁	第四篇上第十六頁	第四卷上第三十七頁	第一八二頁
	行	第二卷下第八頁	第二篇下第十八頁	第二卷下第三十七頁	第二〇三頁
	企	第八卷上第一頁	第八篇上第二頁	第八卷上第三頁	第二四一頁

	位	第八卷上第五頁	第八篇上第十四頁	第八卷上第廿四頁	第八十一頁
	言	第三卷上第四頁	第三篇上第七頁	第三卷上第十四頁	第九十、二二四頁
	牢	第二卷上第四頁	第二篇上第八頁	第二卷上第十五頁	第九十八、一三三頁
	告	第二卷上第五頁	第二篇上第十一頁	第二卷上第二十頁	第九十九、二二五頁
	我	第十二卷下第十三頁	第十二篇下第四十二頁	第十二卷下第六十六頁	第一〇四、二〇一頁
七　劃	芇	第四卷上第十二頁	第四篇上第三十一頁	第四卷上第六十五頁	第一一三、二三五頁
	辛	第十四卷下第十頁	第十四篇下第廿二頁	第十四卷下第三十五頁	第一四四頁
	豆	第五卷上第十四頁	第五篇上第三十七頁	第五卷上第六十八頁	第一五三頁
	糸	第二卷上第二頁	第二篇上第四頁	第二卷上第七頁	第一五七頁
	貝	第六卷下第七頁	第六篇下第十四頁	第六卷下第廿五頁	第一八〇頁
	甬	第七卷上第十頁	第七篇上第三十一頁	第七卷上第五十七頁	第一八三頁
	折	第一卷下第十五頁	第一篇下第四十七頁	第一卷下第八十七頁	第一八九頁
	即	第五卷下第二頁	第五篇下第三頁	第五卷下第五頁	第二〇二頁
	昕	第七卷上第四頁	第七篇上第三頁	第七卷上第廿三頁	第七十八頁
	帚	第七卷下第十八頁	第七篇下第五十二頁	第七卷下第九十二頁	第八十九、一四六頁
八　劃	周	第二卷上第九頁	第二篇上第廿一頁	第二卷上第四十頁	第九十六、二三六頁
	戫	第三卷下第十頁	第三篇下第廿三頁	第三卷下第四十二頁	第一〇八頁
	庚	第十四卷下第十三頁	第十四篇下第廿二頁	第十四卷下第三十五頁	第一一一、二〇二頁

八　劃	來	第五卷下第十二頁	第五篇下第三十二頁	第五卷下第四十九頁	第一一九頁
	隶	第四卷下第二頁	第四篇下第三頁	第四卷下第五頁	第一六三頁
	狀	第六卷下第十頁	第六篇下第三十九頁	第六卷下第六十六頁	第一九○頁
	李	第十卷下第五頁	第十篇下第十二頁	第十卷下第二十二頁	第一九八頁
	臥	第八卷上第十四頁	第八篇上第四十七頁	第八卷上第八頁	第二三○頁
九　劃	省	第四卷上第六頁	第四篇上第十四頁	第四卷上第三十二頁	第七十三、一二七頁
	帝	第一卷上第二頁	第一篇上第三頁	第一卷上第四頁	第九十五頁
	鹵	第七卷上第十頁	第七篇上第三十一頁	第七卷上第五十九頁	第九十七、一三一頁
	癸	第五卷下第八頁	第五篇上第廿三頁	第五卷下第三十五頁	第一○六、二二九頁
	背	第四卷下第八頁	第四篇下第廿三頁	第四卷下第四十二頁	第一六六頁
	冒	第七卷下第十四頁	第七篇下第三十九頁	第七卷下第六十七頁	第一七二頁
	革	第三卷下第一頁	第三篇下第一頁	第三卷下第一頁	第一九二頁
	段	第三卷下第八頁	第三篇下第廿頁	第三卷下第三十六頁	第二二五頁
十　劃	鬲	第三卷下第三頁	第三篇下第九頁	第三卷下第十六頁	第六十四頁
	隻	第四卷上第十頁	第四篇上第廿四頁	第四卷上第五十二頁	第六十七頁
	豈	第五卷上第十四頁	第五篇上第三十六頁	第五卷上第六十七頁	第七十四、二○九頁
	哭	第二卷上第十三頁	第二篇上第三十頁	第二卷上第六十頁	第七十四頁
	崇	第一卷上第四頁	第一篇上第十六頁	第一卷上第二十七頁	第八十二、二一一頁
	逆	第二卷下第三頁	第二篇下第五頁	第二卷下第八頁	第八十三頁

十　劃	家	第七卷下第三頁	第七篇下第五頁	第七卷下第八頁	第一○○、二三六頁
	酒	第十四卷下第十六頁	第十四篇下第三十三頁	第十四卷下第五十四頁	第一○三、一三六頁
	奚	第十卷下第七頁	第十篇下第十八頁	第十卷下第三十三頁	第一一○、二○○頁
	骨	第四卷下第六頁	第四篇下第十四頁	第四卷下第二十六頁	第一一三頁
	馬	第十卷上第一頁	第十篇上第一頁	第十卷上第一頁	第一一四、一八一頁
	倉	第五卷下第六頁	第五篇下第十七頁	第五卷下第廿六頁	第一一五、二三九頁
	臭	第十卷上第十一頁	第十篇上第三十二頁	第十卷上第五十七頁	第一五○頁
	栗	第七卷上第十一頁	第七篇上第三十二頁	第七篇上第五十九頁	第一五八頁
十一劃	祭	第一卷上第三頁	第一篇上第六頁	第一卷上第十三頁	第六十六、二二七頁
	既	第五卷下第二頁	第五篇下第三頁	第五卷下第六頁	第七十七頁
	茗	第一卷下第五頁	第一篇下第十四頁	第一卷下第廿八頁	第七十九頁
	異	第三卷上第十七頁	第三篇上第三十八頁	第三卷上第七十八頁	第一○○、二三七頁
	敗	第三卷下第十五頁	第三篇下第三十七頁	第三卷下第六十八頁	第一○三、一三六頁
	章	第三卷上第十四頁	第三篇上第三十三頁	第三卷上第六十八頁	第一一七頁
	強	第十三卷上第十三頁	第十三篇上第四十五頁	第十三卷上第七十九頁	第一三四頁
	庶	第九卷下第五頁	第九篇下第十七頁	第九卷下第二十四頁	第二三二頁

十五劃	歙	第八卷下第十頁	第八篇下第廿六頁	第八卷下第五十二頁	第七十三頁
	徹	第三卷下第十四頁	第三篇下第三十二頁	第三卷下第五十七頁	第一四八頁
十六劃	鑒	第十四卷上第二頁	第十四篇上第二頁	第十四卷上第四頁	第九十三、一二二頁
	龜	第十三卷下第四頁	第十三篇下第九頁	第十三卷下第十四頁	第一五九頁
	儥	第八卷上第四頁	第八篇上第十四頁	第八卷下第廿四頁	第一六九、一六九頁
十七劃	鞠	第三卷下第二頁	第三篇下第三頁	第三卷下第五頁	第一八六頁
十九劃	貌	第四卷上第十八頁	第四篇上第四十九頁	第四卷上第九十八頁	第一〇一頁
	識	第三卷上第十頁	第三篇上第廿五頁	第三卷上第五十頁	第一〇二、一三四頁
	離	第四卷上第十頁	第四篇上第廿七頁	第四卷上第五十七頁	第一一八頁
廿一劃	鐺	第十四卷上第七頁	第十四篇上第廿四頁	第十四卷上第四十五頁	第一一九、一六五頁